CLV

Inhalt

Für Elise.

Du hat das Eis zu deinem Freund gemacht,
indem du eine großartige Eiskunstläuferin
geworden bist!
Danke, dass du uns und vielen anderen
eine gute Freundin bist!

Gefahr zieht auf!

Als Katherine O'Connell die Kreuzung erreichte, glitzerte das umliegende mit Schnee bedeckte Land im Sonnenschein. Nur Minuten zuvor sah Kates Welt genauso aus wie der wolkenlose Himmel – warm und wunderschön. Doch jetzt war ein Schatten in diese Welt gefallen. Ihre tiefblauen Augen blickten besorgt.

Ich werde Anders suchen, entschied sie und warf ihren langen Zopf über die Schulter. *Er weiß bestimmt, was wir tun müssen.*

Die Straße, auf der Kate sich befand, führte an einer Ziegelei vorbei und dann einen steilen Hügel hinauf. An diesem Januartag im Jahr 1907 brachten ihr Stiefbruder und Erik Lundgren Eisblöcke zur Molkerei von Trade Lake. Wenn Kate sie fand, konnte sie vielleicht mit Anders sprechen.

Gerade in diesem Augenblick tauchte auf der Spitze des Hügels ein Pferdegespann auf. Die großen Pferde legten sich mächtig ins Zeug. Der Schlitten war mit dicken Eisblöcken beladen.

Neben dem Wagen trabte ein großer Junge, der die Zügel hielt. Eine warme Kappe verdeckte sein braunes Haar, doch Kate erkannte ihn und seine Pferde Barney und Beauty.

»Erik!«, rief sie.

Ein Lächeln breitete sich auf Eriks Gesicht aus.

»Hallo Kate!«

Im nächsten Moment begannen Barney und Beauty, hügelabwärts zu laufen. Als sie immer schneller wurden, rutschte die Ladung. Schwere Eisblöcke krachten gegen die Vorderseite des Schlittens. Eine Klammer zerbrach und ein Brett flog davon. Eis krachte den Pferden zwischen die Hufe.

Barney schnaubte vor Schreck. Beauty machte einen Satz nach vorn.

Erik zerrte an den Zügeln. Er lehnte sich zurück und zog mit aller Kraft. Doch die Pferde rissen ihn mit. Auf einer Eisfläche neben dem Schlitten rutschte er aus.

Kate hielt den Atem an. Wenn Erik fiel, würde er weitergezerrt werden und konnte vielleicht sogar unter den Schlitten geraten.

Im nächsten Augenblick riss ein Zügel. Barney, der seine Freiheit spürte, warf den Kopf hoch. Kurz darauf riss der zweite Zügel. Barney und Beauty stürmten außer Kontrolle davon.

Erik rannte hinter ihnen her. Doch die Pferde legten die Ohren an und liefen noch schneller. Sie stürmten geradewegs auf Kate zu.

Mit klopfendem Herzen starrte sie auf die durchgebrannten Pferde. Ihre Füße schienen am Boden festgefroren zu sein.

Hilfe, wollte sie rufen. Doch sie brachte keinen Ton heraus. Unfähig, einen klaren Gedanken zu fassen, wusste sie nur, dass sie gleich niedergetrampelt werden würde.

»Kate!«, schrie Erik.

Sie hörte seine Stimme wie aus weiter Ferne, die Panik machte sie bewegungsunfähig. Die Pferde kamen, getrieben von Angst, bedrohlich näher.

»Kate! Geh aus dem Weg!«

Dann funktionierten Kates Beine zu ihrer Überraschung. Sie sprang von der Straße und landete in einem Schneehaufen.

Sekunden später donnerten die Pferde vorüber. Mit dem Schlitten, der hinter ihnen hin und her hüpfte, stürmten sie nach Trade Lake.

»Vorsicht! Durchgebrannte Pferde!«, rief Erik zur Warnung. Während Kate sich aus dem Schnee herauswühlte, stürmte Erik vorbei und rief wieder: »Vorsicht! Durchgebrannte Pferde!«

Die Pferde rannten die Hauptstraße entlang. Die Leute vor Herrn Carlsons Laden flüchteten sich hinein. Bei der Molkerei bog das Pferdegespann immer noch in vollem Galopp um die Ecke. Der Schlitten schwankte beträchtlich und geriet aus der Spur, doch Barney und Beauty rannten weiter. Dann versperrte die Molkerei Kate die Sicht.

An der Ecke blieb Erik stehen und schaute die Straße entlang zur Kirche. Er stand eine ganze Weile dort. Als er den Kopf schüttelte, wusste Kate, dass auch er die Pferde nicht mehr sehen konnte.

Kate zog einen Handschuh aus und wischte sich den Schnee aus dem Gesicht. Ihre Hand zitterte. *Werde ich mich jemals daran gewöhnen, hier zu leben?*, fragte sie sich.

Vor zehn Monaten hatte ihre verwitwete Mutter

Anders' Vater geheiratet. Sie und Kate waren dann von Minneapolis nach Nordwest-Wisconsin gezogen und dort Teil der Familie Nordstrom mit Papa, Anders, dem neunjährigen Lars und der fünfjährigen Tina geworden. In Kates neuem Leben schien es immer etwas zu geben, was ihr Angst machte.

Ich will nicht ängstlich sein, dachte sie. Seitdem sie hier wohnten, waren in der Umgebung der Windy Hill Farm immer wieder seltsame Dinge geschehen. Jetzt, in der dritten Januarwoche, arbeitete Papa Nordstrom in einem weit entfernten Holzfällercamp. In zwei oder drei Monaten würde das Baby zur Welt kommen, das Mama erwartete. Und Lars? Er war einige Male mehrere Wochen krank gewesen. Und der schlimmste Teil des Winters konnte noch bevorstehen.

Kate bückte sich und klopfte den Schnee von ihrem Mantel und den Socken. *Ganz egal, was geschieht, ich will –*

Kate überlegte einen Augenblick lang. Tapfer klang so seltsam. *Mutig?* Das schien zu einem großen Helden zu passen, aber nicht zu ihr, zu Kate O'Connell, die gerade dreizehn geworden war.

Als Erik wieder zurückkam, versuchte Kate sich so hoch aufzurichten, wie es ihre kleine Größe erlaubte. Doch ihre Knie waren immer noch weich.

»Geht es dir gut?«, fragte er besorgt.

Kate nickte, immer noch zu aufgeregt, um sprechen zu können. Als sie schließlich ihre Stimme wiederfand, fragte sie: »Geht es *dir* gut?« Sie hatte Erik noch nie mit so einem bleichen Gesicht gesehen.

»Jup«, antwortete er und streckte dabei seine Schultern. »Die Knochen werden mir wehtun, aber sonst geht es mir gut. Es war kein Vergnügen, zu sehen, wie Barney und Beauty auf dich zurasten.«

Kate schauderte. »Ich war so in Panik, dass ich mich nicht rühren konnte. Danke, dass du gerufen hast.« Ihre Stimme zitterte sogar jetzt noch.

Erik blickte zurück den Hügel hinauf. Überall auf dem Weg verstreut lagen Eisblöcke.

»Komm mit«, meinte er schließlich. »Lass uns zusehen, dass wir einen heißen Kakao bekommen. Dann geht es dir besser.« Doch er sah so aus, als benötige er selbst Ermutigung.

Als Kate und Erik bei der Molkerei von Trade Lake ankamen, stand der Leiter der Molkerei in der Tür. »Das waren deine Pferde, Erik, stimmt's? Bist du verletzt?«

Erik schüttelte den Kopf.

»Das ist gut. Das hätte schlimm ausgehen können.« Herr Bloomquist war ein kleiner, stämmiger junger Mann. Während er sich gegen den Türrahmen lehnte, erhellte ein freundliches Lächeln sein Gesicht. »Kommt besser herein und wärmt euch auf.«

»Kate muss sich aufwärmen«, erklärte Erik. »Ich muss hinter meinen Pferden her.«

»Das wird nichts nutzen«, meinte der Molkereileiter. »Die sind jetzt schon fast zu Hause.«

Erik seufzte. »Ich fürchte, Sie haben recht.« Er schien immer noch nicht glauben zu können, was geschehen war. »Ich habe die gesamte Ladung verloren. Sie ist dort am Hügel verrutscht.«

»Du solltest nicht den Weg über den Hügel nehmen«, erklärte der Molkereileiter. »Normalerweise fährt niemand diesen Weg entlang.« Dann schien er Kates Zittern zu bemerken. »Bist du verletzt?«

Kate schüttelte den Kopf, aber ihre Zähne klapperten. »Meine Pferde hätten sie um Haaresbreite überrannt«, erklärte Erik.

»Wie ich schon sagte: Du solltest den Weg über diesen Hügel nicht nehmen. Das kommt davon, dass ich der Bitte von Fenton nachgekommen bin. Die Molkerei vergibt die Arbeit, Eis zu holen, normalerweise nicht an einen Neuling.«

Herr Bloomquist wandte sich wieder an Kate. »Komm herein und wärm dich auf.«

Kate folgte Erik und dem Molkereileiter in einen großen offenen Raum. Auf der einen Seite brachten die Farmer ihre Milchkannen herein. Der Molkereileiter trennte die Vollmilch und behielt die Sahne. Dann nahmen die Farmer die entrahmte Milch wieder mit nach Hause.

In der Mitte des Raums befand sich etwas, was aussah wie ein großes, hölzernes Fass, das auf der Seite stand. Kate wusste: Das musste das Butterfass sein.

Hinter dem Fass kam ein Mann durch die Tür. Bevor die Tür sich wieder schloss, sah Kate eine etwa dreißig Zentimeter hohe Absperrung.

»Das ist der Kühlraum«, erklärte Erik, der Kates

Frage zu erraten schien. »Die Molkerei nimmt das Eis, das wir sammeln, zum Kühlen der Sahne und zum Lagern der Butter.«

Herr Bloomquist führte sie in einen kleineren Raum, in dem sich oben auf einer hohen Ziegelwand ein großer, runder Kessel befand. Er öffnete eine kleine Tür in der Ziegelwand und warf mehrere dicke Holzscheite hinein.

Durch kleine Löcher in einer weiteren Tür sah Kate das Flackern von Flammen. Sie zog ihre Handschuhe aus und streckte die Hände vor, um sie zu wärmen. Als sie die wohltuende Wärme spürte, erwachte wieder ihre übliche Neugier. »Was ist das?«, fragte sie Erik.

»Der Kessel? Das ist ein Dampfkessel. Das Wasser wird erhitzt, sodass Dampf für die Dampfmaschine entsteht.« Er deutete mit dem Kopf auf einen glänzenden Zylinder aus Bronze. »Die Molkerei benutzt Dampf als Energie und für alle Reinigungsarbeiten.«

Als der Molkereileiter in den größeren Raum zurückkam, schloss er die Tür hinter sich. Erik griff nach einem Glasgefäß, das er in die Nähe des Kessels gestellt hatte. Er schraubte den Deckel auf und bot Kate den Inhalt an.

»Du zuerst.«

Kates Finger wurden schon warm, als sie nur das Glas mit der heißen Flüssigkeit hielt. Doch dann probierte sie den Kakao.

»Er ist sauer!«, rief sie und verzog das Gesicht.

Erik lachte, als wäre er froh, dass er wieder etwas

lustig finden konnte. »Tut mir leid! Er ist schon den ganzen Tag warm gehalten worden. Wenn Anders da wäre, würde er ihn trotzdem trinken.«

Kate dachte kurz über ihren Stiefbruder nach. Vor Weihnachten hatte er sich den Knöchel verstaucht. Mittlerweile konnte er wieder laufen. Doch Kate war froh, dass er nicht dabei gewesen war, als die Pferde durchbrannten. Er hätte vielleicht nicht rechtzeitig ausweichen können.

Kate setzte sich auf den Boden und lehnte sich mit dem Rücken gegen die warmen Ziegelsteine. Als sie aufhörte zu zittern, bemerkte sie auf einem Tisch in der Nähe kleine Flaschen, die wie Teströhrchen aussahen. »Was sind das für Flaschen?«, fragte sie.

Erik schmunzelte. »Es geht dir ganz offensichtlich besser. Anders würde dich jetzt ›neugierige Kate‹ nennen.«

»Aber es interessiert mich wirklich.«

»Vielleicht ist das wieder ein Geheimnis, das du lüften musst.«

»Ach, komm schon. Sag es mir.«

Erik lachte, erklärte es ihr aber dann. »Wenn die Farmer ihre Milchkannen herbringen, benutzt der Molkereileiter diese Fläschchen, um Proben zu nehmen. Je höher das Butterfett, desto mehr Geld bekommen wir für die Milch.«

Als Erik von Geld sprach, schoss Kate ein Gedanke durch den Kopf und sie fragte: »Weißt du schon, dass in der vergangenen Nacht die Schecks für die Milch gestohlen worden sind?«

Eriks Blick wurde ernst. »Ich habe heute Morgen davon gehört, als ich zur Arbeit kam. Es ist das erste Mal, dass wir keinen Scheck bekommen haben.«

»Wir haben das Geld dringend nötig«, sagte Kate mit leiser Stimme.

»Wir genauso«, erwiderte Erik. »Alle Farmer brauchen es. Es ist ziemlich hart, Geld nicht zu bekommen, mit dem man gerechnet hat.«

Kate seufzte. An diesem Morgen war sie drei Meilen gelaufen, um den Scheck für ihre Familie zu holen und dann damit Stoff zu kaufen. Das Baby, das Mama erwartete, wurde von Tag zu Tag größer. Sogar Mamas weiteste Kleider spannten sich schon über ihrem Bauch.

Und das war nicht alles. Sie würden schon bald Flanellstoff benötigen, um für das Baby Windeln zu nähen.

»Ich war in Gustafsons Laden«, erzählte Kate. »Alle sprachen von den gestohlenen Schecks. Sie meinten, dass es einen solchen Diebstahl in Nordwest-Wisconsin noch nie gegeben hat! Aber es ist passiert.«

»Die Molkerei wird die Schecks sperren lassen«, erklärte Erik.

»Und dann?«

»Dann werden sie sie neu ausstellen.«

»Einen Scheck *neu ausstellen,* was heißt das?«

»Ihn neu ausschreiben. Das Problem ist: Wir müssen warten, bis das geschieht. Etwas verstehe ich an dem Ganzen nicht. Warum stiehlt jemand *Schecks*?

Hier in der Gegend kann er sie nicht einlösen. Würde der Dieb es versuchen, wüsste jeder sofort, wer es ist.«

Erik stand auf und zog achselzuckend seinen Mantel über. »Ich muss zurück zum See.«

»Kann ich mit dir mitkommen?«, fragte Kate. »Ich möchte gern zusehen und vielleicht kann ich mit Anders sprechen.«

Als sie ihren Mantel anzog, hörte sie Stimmen hinter der Tür, die in den großen Raum führte.

»Ich habe auf die Schecks aufgepasst«, sagte jemand. Kate lauschte angestrengt, konnte aber die leise Antwort nicht hören.

»Ich könnte heute Abend neue Schecks ausschreiben.« Das war wieder der Mann, der zuerst gesprochen hatte. Dann hörte Kate nur das Wort *Hauptbuch*.

»Was ist ein Hauptbuch?«, flüsterte sie.

»Ein Kassenbuch.« Erik lauschte ebenfalls. »Darin wird aufgeschrieben, wann welcher Farmer wie viel Milch gebracht hat.«

»Ich habe Sheriff Saunders erreicht«, fuhr die erste Stimme fort. »Er tut alles, was er kann.«

»Das ist Andrew Anderson Nummer 3, der da spricht«, flüsterte Erik.

»Nummer 3?«, fragte Kate.

»Es gibt mehrere Andrew Andersons. So wissen wir, wer gemeint ist. Pssst!«

Die Stimme von Herrn Anderson hörte sich sehr sorgenvoll an. »Der Dieb kannte meine Arbeitsabläufe. Er wusste, an welchem Tag im Monat ich die Schecks ausstelle und wo ich sie aufbewahre.«

Ein Stuhl schrabbte über den Boden. Dann näherten sich der Tür zwischen den beiden Räumen Schritte. Schnell schlüpfte Erik durch eine andere Tür, die hinausführte.

Kate folgte ihm. »Wer ist Andrew Anderson Nummer 3?«, fragte sie, als sie weit genug vom Gebäude entfernt waren.

»Du kennst ihn. Er geht in unsere Kirche. Er hat eine hohe Stirn und trägt einen langen, wallenden Bart.«

Als sie zum Hügel kamen, wo sich das Eis selbstständig gemacht hatte, schaute Erik sich um. »Herr Anderson war früher der Postmeister. Jetzt ist er der Schriftführer und Kassenverwalter der Molkerei.« Er entdeckte das Brett, das vom Schlitten gesprungen war, und legte es an die Straßenseite.

»Und Schriftführer der Gesellschaft für Feuerversicherungen von Trade Lake?« Kate konnte sich jetzt ein Bild machen.

»Jup«, bestätigte Erik. »Papa sagt, Herr Anderson ist ein guter Mann und ein umsichtiger Verwalter. Die Molkerei und die Versicherungsgesellschaft haben hauptsächlich seinetwegen gut gearbeitet.«

Auf der anderen Seite des Hügels verließen Erik und Kate die Straße.

»Weißt du, was seltsam ist?«, fuhr Erik fort. »Es gab eigentlich niemanden, der überhaupt wusste, dass Herr Anderson ein Versteck für die Schecks hatte. Doch der Dieb fand sie in der einen Nacht im Monat, in der sie sich dort befanden.«

Als Kate daran dachte, wie Herr Anderson sich fühlen musste, ballte sie ihre Fäuste. Von ganzem Herzen wollte sie den Diebstahl aufklären. Sie wusste jedoch, dass jemand, der bereit war, eine Molkerei zu bestehlen, gefährlich sein konnte.

»Wenn niemand weiß, wer die Schecks genommen hat –« Kate sprach nicht weiter, weil sie kaum wagte, ihre Gedanken auszusprechen.

Aber Erik beendete den Satz für sie: »Der Dieb könnte die Molkerei erneut bestehlen.«

Schwierigkeiten in Trade Lake

Die Molkerei erneut bestehlen? Kate zog sich der Magen zusammen. »Du hast recht«, sagte sie. »Der Dieb kann jederzeit wieder etwas stehlen.«

»Jederzeit«, bestätigte Erik.

Dieser Gedanke gefiel Kate noch weniger. Es war schlimm genug, dass sie heute keinen Scheck bekamen. *Wann* würden sie ihr Geld erhalten? Die Farmer in dieser Gegend waren alle auf ihr Einkommen aus der Molkerei angewiesen.

»Aber du und Anders, ihr verdient doch Geld mit dem Einbringen von Eis«, meinte sie.

»Vielleicht.« Erik schaute finster vor sich hin. »Wenn die Molkerei die Farmer nicht auszahlen kann, wie soll sie dann uns bezahlen?«

Bald danach überquerten Kate und Erik ein Feld, auf dem zum Teil Bäume gerodet worden waren. Pferde und Schlitten hatten einen Pfad hinunter zum Little Trade Lake getrampelt und festgefahren.

Erik ging schneller. »Ich muss mich beeilen. Herr Fenton wird nicht erfreut sein, dass ich die Ladung Eis verloren habe.«

Kurz darauf kamen sie durch ein Kiefernwäldchen. Dahinter lag der Schnee so tief, dass es schwierig war zu erkennen, wo das Ufer endete und der See begann.

In der Mitte der Bucht glitzerte ein Eisblock in der

Nachmittagssonne. Neben einem schwarzen Wasserloch wartete ein Pferdegespann mit Schlitten.

Auf der anderen Seite des Lochs hatte jemand auf dem Eis Quadrate markiert. Ein Mann war damit beschäftigt, die Quadrate mit einer langen Säge in Blöcke zu teilen.

»Es sieht aus wie ein Schachbrett«, meinte Kate, »oder wie ein Kuchen. Wie bekommen sie eigentlich das erste Stück heraus?«

Erik lachte. »Wieder die neugierige Kate.« Trotzdem erklärte er: »Sie stoßen den Block nach unten und schieben ihn unter das Eis.«

Einen Augenblick später verstummte sein Lachen. »Ich wünsche mir, dass mit Herrn Fenton alles klargeht!«

Während Kate in gebührendem Abstand wartete, ging Erik auf einen Mann zu, der eine lange Stange in den Händen hielt. Mit der Spitze der Stange schob er Eisblöcke durch einen Kanal mit dunklem Wasser.

LeRoy Fenton, dachte Kate. Einen Tag zuvor hatte er Erik und Anders eingestellt, um zwei Männer zu vertreten, die krank geworden waren.

Kate erspähte in der Nähe eines größeren Lochs im Eis ihren Bruder. Unter einer Strickmütze schaute sein blonder Haarschopf hervor. Für seine nun 13 Jahre war Anders groß und er hatte breite Schultern durch die harte Farmarbeit. Er stand mit seinen Stiefeln am Rand des Lochs und hielt eine lange Zange in den Händen.

Ein Mann mit einer rot-schwarz karierten Jacke

stand neben ihm. »Komm schon, komm schon«, sagte der Mann ungeduldig mit seiner rauen Stimme.

Von ihrem Bruder erfuhr Kate, dass dies Herr Grimm sein musste. Schon nachdem Anders nur einen Tag mit ihm gearbeitet hatte, nannte er ihn »Herr Grummel«.

Als ihr Bruder sich über das Wasser beugte, hielt Kate den Atem an. Das Eis war nass und glitschig.

Dann bemerkte sie ein breites Band, das um die Stiefelspitzen ihres Bruders gespannt war. Kurze Dachdeckernägel schauten aus der unteren Seite hervor; sie gaben seinen Füßen Halt. Als Anders einen großen Eisblock eingefangen hatte, schloss er die Zange fest darum.

Herr Grimm legte seine Zange um das andere Ende des Eisblocks. Gemeinsam stießen er und Anders den Block tiefer in das Wasser. Als er wieder nach oben kam, hievten sie ihn mit einem Schwung auf das Eis und dann auf einen Schlitten.

»Das hätten wir«, sagte Herr Grimm. »Mehr passt nicht auf den Schlitten.« Er spannte an der Rückseite des Schlittens eine Kette, hakte sie fest und winkte dem Fahrer zu, dass er losfahren könnte.

Als Anders Kate erblickte, ließ er seine Muskeln spielen und grinste.

Angeber!, dachte Kate. Dennoch war sie stolz auf ihn.

Als Anders Erik erblickte, verschwand sein Grinsen. »Was ist los?«, fragte er.

Herr Fenton, der mit seiner langen Stange in den Händen neben dem schmalen Wasserkanal stand, schaute hoch. Genauso wie Herr Grimm trug Herr Fenton Stiefel, die mit vier Schnallen geschlossen waren, und eine rot-schwarz karierte Jacke. Die Arme beider Männer sahen muskulös und stark aus. In ihrer warmen Kleidung konnte man sie nur schwer voneinander unterscheiden.

Bevor Erik antworten konnte, rief Herr Fenton: »Hört auf zu schwatzen und geht wieder an die Arbeit!«

»Tut mir leid, Herr Fenton«, erklärte Erik und ging zu ihm hinüber. »Das kann ich nicht.«

»Du *kannst* nicht? Wo ist dein Schlitten? Wir sind bereit, ihn zu beladen.«

Erik schaute ihm ins Gesicht. »Meine Pferde sind durchgebrannt.«

»Was? Du hast die Kontrolle über deine Pferde verloren?«

Eriks Kinn schoss nach oben. »Das Eis ist an dem steilen Hügel bei der Molkerei verrutscht.«

»Wie lange gehst du mit Pferden um?«, fragte Herr Fenton mit aalglatter Stimme.

Erik richtete sich auf und schien größer zu werden. »Seit ich neun bin, Sir.«

»Du hast die Pferde zu schnell laufen lassen, stimmt's?«

Eriks Gesicht rötete sich. »Nein, Herr Fenton.«

Seine Stimme klang immer noch höflich, aber Kate wusste: Er war ärgerlich.

»Barney und Beauty liefen den Berg hinunter, wie Pferde das immer tun«, erklärte Erik. »Ein Brett vorne ist gebrochen. Als es herunterfiel, schlugen den Pferden Eisstücke zwischen die Hufe. Sie scheuten.«

Mittlerweile hatte der Mann, der mit Anders arbeitete, sich umgedreht und hörte Erik zu. Herr Grimm hatte die gleiche Größe und Figur wie Herr Fenton, doch er trug einen schwarzen kurz geschnittenen Bart. Herr Fentons Schnurrbart und Haar dagegen waren sandfarben.

»Dein Versagen hat Folgen für uns«, meinte Herr Fenton, als hätte er Erik gar nicht gehört. »Ohne einen Schlitten zum Beladen können wir kein weiteres Eis mehr herausholen.«

»Ich weiß, Herr Fenton. Es tut mir leid.«

»Es tut dir leid! Was nützt uns das?«

Erik biss sich auf die Lippe und bemühte sich, die Ruhe zu bewahren. Er warf Anders einen Blick zu, und die beiden verstanden sich sofort.

Als Herr Fenton weitersprach, blickte Erik ihm direkt in die Augen. Schließlich fasste Herr Fenton seine Beschwerden zusammen. »Das kommt davon, wenn man Kinder zur Arbeit anheuert.«

Erik wurde dunkelrot, aber es gelang ihm zu schweigen.

Anders jedoch trat direkt vor Herrn Fenton. »Sie sind ungerecht!«, erklärte er aufgebracht. »Es ist Ihre Schuld, dass der Unfall passierte.«

»*Meine* Schuld?« Herrn Fentons Blick war eiskalt.

Anders ließ sich nicht beirren. »Ihre Schuld«, wiederholte er. »Sie haben gesagt, wir sollen über den Hügel fahren.«

»Du erinnerst dich vielleicht daran, Anders, dass ich hier der Chef bin.« Wieder hörte sich Herrn Fentons Stimme aalglatt an.

Aber der große blonde Junge sprach weiter. »Erfahrene Leute meiden einen steilen Hügel, wenn es möglich ist. Hätten wir das Eis am Hidden Lake geschnitten, hätten wir nicht über den Hügel fahren müssen.«

Diesmal war es Herr Fenton, der rot anlief. »Was glaubst du eigentlich, wer du bist, dass du meinst, du könntest mir sagen, was ich zu tun habe? Du bist nichts weiter als ein Junge.«

»Ein Junge, der den ganzen Tag für Sie arbeitet«, erwiderte Anders. Kate wusste, dass er jetzt nicht mehr zu bremsen war. »Ein Junge, der genauso gut arbeitet wie ein Mann.«

»Ein Junge, der den Mund ganz schön voll nimmt, meinst du wohl. Das muss ich mir nicht bieten lassen!«

Der Ärger hing schwer in der kalten Januarluft. Anders öffnete den Mund, schloss ihn jedoch ebenso schnell wieder. Unbehagen spiegelte sich kurz in seinem Gesicht.

Sag nichts, Anders!, hätte Kate ihm am liebsten zugerufen. *Was ist mit dem Geld, das wir brauchen?* Würde ihr Bruder die einzig bezahlte Arbeit verlieren, die er bekommen konnte?

Als Anders einen tiefen Atemzug nahm, fragte Kate sich, ob er daran dachte. »Es tut mir leid«, sagte er. Die Worte kamen tief aus seinem Innern.

Herr Fenton lächelte. »Ich kann vergessen, dass du dich danebenbenommen hast, wenn du aufhörst, mir sagen zu wollen, was ich zu tun habe.« Er streckte seine Hand aus, um Anders die Hand zu schütteln, als sei die Sache erledigt.

Doch Anders stand an seinem Platz, die Arme an der Seite, mit geballten Fäusten. Sein Gesicht war versteinert vor Zorn.

Langsam ließ Herr Fenton die Hand sinken. Als er erneut sprach, klang es, als wäre nichts geschehen. »Gut, bis der andere Schlitten zurückkommt, ist es dunkel. Wir müssen für heute Schluss machen.« Er sah sich nach dem Mann um, der die Eisblöcke sägte. »Morgen arbeiten wir nicht«, rief er.

Kate sah Panik im Gesicht ihres Bruders. Sie wusste, was er dachte. Keine Arbeit. Kein Geld.

Herr Fenton schaute zu dem Mann, der mit Anders arbeitete. »Gunnar und ich haben morgen andere Arbeiten zu erledigen. Aber wenn das Wetter sich hält, kommt übermorgen wieder.« Sein Blick schloss Anders und Erik mit ein.

Schnell hob Anders seine Zange auf, um seine Erleichterung nicht zu zeigen. Er und Erik schlugen den Weg zur Straße ein. Als sie zu Kate kamen, schloss sie sich ihnen an.

Sobald sie das kleine Wäldchen erreichten, legte Anders los. »Von allen –«

»Pssst!«, warnte Erik ihn mit leiser Stimme. »Es hallt hier weit. Er könnte uns hören.«

Sein Gesicht aus Wut und Entschlossenheit stur geradeaus gerichtet, stapfte Anders den restlichen Weg durch die Kiefern.

Sie waren schon fast bei der Molkerei von Trade Lake, als Kate von dem Diebstahl erzählte. »Wie machen wir das jetzt mit Mama und dem Baby?«, fragte sie. »Wie können wir die Sachen kaufen, die wir brauchen?«

Anders schien sich keine zu großen Sorgen zu machen. »Die Molkerei wird neue Schecks ausstellen. Die werden sie morgen haben. Oder übermorgen.«

»Haben sie dir das gesagt?«

»Nein, aber es wird so sein.«

»Mir haben sie auch nichts mitgeteilt«, meinte Kate. Papa hatte ihr einmal gesagt, dass die Männer, die die Molkerei leiteten, sehr vernünftige Leute wären. Doch Kate hatte ein unbehagliches Gefühl.

Anders wandte sich an Erik. »Fenton hat nicht einmal gefragt, ob du dich verletzt hast.«

»Ich habe mich nicht verletzt.« Erik lächelte. »Schließlich gehe ich schon mit Pferden um, seit ich neun bin.« Dann hatte seine Stimme einen warmen Klang. »Aber Kate hat einen ziemlichen Schrecken bekommen.«

»Du kennst doch Kate.« Anders sagte das so, als sei sie nicht da. »Sie ist sowieso ein Angsthase.«

»Nein, das bin ich nicht!«, zischte Kate.

»Kate hatte allen Grund, sich zu erschrecken«, erklärte Erik.

Während sie den Hügel zur Kirche hinaufstiegen, erzählte er, was geschehen war.

Anders wurde wieder zornig. »Die erfahrenen Leute schneiden Eis am Hidden Lake«, erklärte er.

»Wo ist das?«, fragte Kate.

»Weiter hinten in den Wäldern.« Erik deutete auf einen Weg vor ihnen. Er bog links von der Straße ab und führte durch Sumpfland hinter der Molkerei und einem Friedhof weiter oben über den Hügel.

»Der Hidden Lake hat eine Bucht, die in der Nähe der Molkerei liegt«, fuhr Erik fort. »Dort schneiden die Leute normalerweise das Eis.«

»Bis dieses Jahr«, meinte Anders. »Bis LeRoy Fenton im Oktober in die Stadt kam.«

»Wer *ist* Herr Fenton eigentlich?«, fragte Kate.

Anders zuckte die Schultern. »Ein Mann, der immer alles besser weiß. Er kommt von irgendeiner anderen Molkerei und hatte sich um die Stelle des Molkereileiters beworben. Doch die hat Herr Bloomquist bekommen.«

»Also arbeitet Herr Fenton für den Molkereileiter?«, fragte Kate.

»Teilweise«, antwortete Anders. »Und Fenton bekam den Auftrag, das Eis einzubringen. Die Leute, die das bisher immer gemacht haben, murrten zwar, doch den Job bekommt immer der, der das niedrigste Angebot macht.«

Kurz darauf kamen sie zur Kirche mit ihren zwei

Eingangstüren, eine für die Frauen und eine für die Männer. Anders wandte sich an Erik. »Findest du das nicht auch eigenartig? Obwohl Fenton hier neu ist, tut er so, als wüsste er über alles Bescheid.«

»Aber ist er denn nicht der Chef?«, fragte Kate.

»Jup, und es ist sogar in Ordnung, dass er *uns* herumkommandiert.« Anders' Stimme hörte sich wie ein Knurren an. »Wenn Papa hier wäre, käme Fenton nicht mit seinem Verhalten durch.«

Nachdem sie eine Weile die Straße entlanggegangen waren, nahmen sie die Abkürzung über ein Feld und kamen dann in den Wald.

»Du vermisst bestimmt deine Pferde, Erik«, meinte Anders. Selbst mit Abkürzungen war es immer noch ein weiter Weg bis zur Windy Hill Farm.

»Ich hoffe, sie sind zu Hause, wenn ich dort bin«, erwiderte Erik. Wie Papa Nordstrom arbeitete auch Herr Lundgren in einem Holzfällercamp. Doch Eriks Vater hatte sein Pferdegespann zu Hause gelassen.

»Wenn Herr Fenton euch auf dem Little Trade Lake arbeiten lässt, warum benutzt ihr dann den steilen Hügel?«, fragte Kate. »Es gibt doch noch einen anderen Weg, wo das Land flacher ist.«

Anders schnaubte. »Ja, klar!«

Erik erklärte: »Er ist flacher und leichter zu befahren, aber es ist dort sumpfig.«

»So wie hier?«, fragte Kate.

»Nein, hier ist es schlimmer.« Während er sprach, überquerten sie gerade das südwestliche Ende des

Rice Lake. »Hier befindet sich schwimmendes Torfmoor. Das Wasser ist viel tiefer.«

Kate verstand immer noch nicht. »Aber es ist doch Winter. Ist der Little Trade Lake nicht gefroren?«

»Nicht dort, wo er sumpfig ist. Es muss nur früh schneien und schon verhindert der Schnee, dass das Wasser friert. Der Weg hätte festes Eis sein können, wenn wir gewusst hätten, dass wir die Eisblöcke von hier holen.«

»Du sagst es!«, bestätigte Anders. »Wir hätten das Gras niedertreten und den ersten Schnee beseitigen können. Die Fläche wäre hartgefroren. Oder wir hätten den Boden an einem kalten Tag feststampfen können. Ein Weg wie der hier wäre schnell fest geworden.«

»Aber LeRoy Fenton hat es versäumt«, erklärte Erik weiter. »Die ersten Pferde, die versuchten hineinzufahren, brachen ein.«

»Durch das Eis?«, fragte Kate.

Anders kicherte. »Herr Grummel lenkte den Schlitten.«

»Herr *Grummel*?«

»Gunnar Grimm. Der Mann, mit dem ich gearbeitet habe. Grummel, grummel, grummel den ganzen Tag. Wenn ich ihn etwas frage, bekomme ich grundsätzlich keine Antwort.«

Kate erinnerte sich an den Mann in der rotschwarz karierten Jacke. Kräftig gebaut und etwa genauso groß wie Herr Fenton, hob Gunnar Grimm die großen Eisblöcke mit Leichtigkeit empor.

»Jup«, meinte Anders. »Herr Grummel bekam die Pferde wieder heraus, doch er hätte den Weg nicht sofort befahren dürfen. Ein erfahrener Mann hätte das nicht gemacht. Eins ist sicher: Ich werde ein Auge auf Herrn LeRoy Fenton halten.«

»Und auf den Hidden Lake?«, fragte Kate und neckte ihn dabei ein wenig.

»Und auf den Hidden Lake«, antwortete Anders. Er schien immer noch ärgerlich zu sein.

Angeln gehen

Am nächsten Tag schaute Kate auf dem Weg zur Scheune in den Hühnerstall. Die Hühner, die gierig auf ihren warmen Brei warteten, scharten sich um sie.

Der alte Hahn Big Red neigte seinen Kopf und richtete seinen wachsamen Blick auf Kate. Kate lachte, als sie ihn beobachtete. »Du meinst also, das hier ist dein Revier!«

Während Kate den Wasserbehälter füllte, stieß Big Red plötzlich mit seinem Schnabel nach ihr. Gerade noch rechtzeitig sprang Kate zur Seite und wich dem Schnabelhieb aus.

»Du Biest!«, rief sie. Vorsichtig hielt sie nun Abstand und schlich zur Tür hinaus.

Kurz nach dem Mittagessen kam Erik zur Windy Hill Farm.

»Was ist mit Barney und Beauty passiert?«, fragte Kate, als sie ihn sah.

»Ich habe sie zu Hause gefunden. Sie mampften ihr Heu so friedlich, als wäre alles in bester Ordnung. Mama war ziemlich froh, dass ich gekommen bin.«

Kate dachte an den Schrecken vom Tag zuvor. Der Gedanke daran, wie die Pferde durchbrannten, schien für sie immer noch ein Albtraum zu sein.

»Weißt du was?« Eriks Stimme hörte sich genauso unschuldig an wie sein Gesichtsausdruck war. »Wir könnten doch vielleicht angeln gehen.«

Anders war so schnell einverstanden, dass Kate vermutete, die Jungen wollten auf Erkundung gehen.

»Wir könnten gut etwas Fisch für das Abendbrot gebrauchen«, meinte Mama. Heute fiel ihr goldblondes Haar in Ringellocken um ihr Gesicht.

Erik zwinkerte Kate zu. »Du kommst besser mit uns. Du kannst die Köder an die Haken machen.«

Kate rümpfte die Nase. Sie wusste, dass einige Köder die Würmer waren, die Anders und Erik aus dem verfaulten Holz eines abgestorbenen Baums geholt hatten. Sie würde tunlichst dafür sorgen, dass sie andere Köder benutzen konnte – kleine Stücke Schweineschwarte, die vom letzten Schlachten übrig waren.

Auf jeden Fall wollte Kate mitgehen. Ihr jüngerer Bruder Lars kam ebenfalls mit. Nachdem er die meiste Zeit des Winters mit immer neuen Erkältungen zu kämpfen hatte, war Kate froh, dass es ihm so gut ging, dass er mitgehen konnte.

Als sie ihre Skier anschnallten, steckte Mama den Kopf zur Tür heraus. »Bist du dir sicher, dass dein Knöchel stabil genug ist, Anders?«

»Ich werde vorsichtig sein«, versprach er. Seit Anders sich vor Weihnachten den Knöchel verstaucht hatte, war es das erste Mal, dass er versuchte, Ski zu laufen. Er grinste Mama an. »Kate kann mich ja nach Hause bringen, wenn ich es nicht schaffe.«

Jeder von ihnen trug einen Teil der Angel-Ausrüstung und bald sausten alle vier den Hügel in der Nähe des Farmhauses hinunter. Anders benutzte einen Skistock beim Fahren. Die anderen fuhren ohne Stöcke.

»Ich werde dir heute meinen Lieblingsangelplatz zeigen.« Anders erinnerte Kate an einen kleinen Jungen, der vorhat, ein Geheimnis zu lüften.

Kate ahnte, wohin sie fuhren. »Hidden Lake?«

Am Fuß des Hügels folgten sie einem gut festgetretenen Weg. Geradeaus durch die Wälder lag die Schule, die sie wieder besuchen würden, wenn der Unterricht im Frühling begann. Einige Schulen schlossen nur in der schlimmsten Winterzeit. Die Schule am Spirit Lake öffnete jedoch erst wieder am 8. April.

Als Anders sie auf das Eis des Rice Lake führte, hob er seinen Skistock hoch. Der Stock war aus einem dünnen jungen Baum gefertigt, von dem man die Rinde geschält hatte. Am unteren Ende hatte er eine Spitze. Oben war er dicker, sodass man ihn gut halten konnte.

»Siehst du das Gelände dort, Kate?« Anders deutete zur südöstlichen Bucht des Sees. »Fahr nie dorthin.«

Kate grinste. »Ich vermute, dass mich sonst der schwarze Mann erwischt.«

»Schlimmer als das«, brummte Anders.

»Schlimmer? Was könnte noch schlimmer sein?«

»Meine liebe kleine Schwester Kate, als Papa fortgefahren ist, hat er mir gesagt, ich solle auf dich achtgeben.«

Kate kicherte über den ernsten Ton seiner Stimme.

»Na klar, großer Bruder. Nur weil du größer bist als ich, kannst du mir noch lange nichts befehlen. Ich bin genauso alt wie du.«

Anders machte ein finsteres Gesicht. »Auf der Seite dort mündet ein Bach in den See. Außerdem entspringen dort Quellen und deshalb gibt es Löcher.«

»Löcher durch Quellen?« Kate nahm ihn immer noch nicht ernst. Wenn es darum ging, jemanden aufzuziehen, dann hatte Anders sie mehr als nur einmal zum Besten gehalten.

»Löcher durch Quellen.«

Kate warf einen Blick zu Erik und Lars. Keiner von beiden grinste.

»Große runde Löcher«, erklärte Anders. »Weil die Quellen dort entspringen, friert das Wasser nie zu, ganz gleich wie kalt es wird. Es kann sein, dass auf der Wasseroberfläche nur wenige Zentimeter hoch Schnee liegt.«

Kate kniff die Augen zusammen, um besser sehen zu können. Die südöstliche Bucht erstreckte sich ruhig und friedlich in der Nachmittagssonne.

»Als der Schnee einmal so hoch lag wie jetzt, habe ich versucht, mit Skiern über diesen Teil des Sees zu fahren«, erzählte Anders weiter. »Ich fuhr mit Volldampf und streckte meinen Skistock nach vorn.« Er schwang seinen Skistock nach vorn, um es ihr zu zeigen. »Der Stock fiel mir hinunter und verschwand. Unter dem Schnee befand sich kein Eis.«

Kate schluckte. Es war nicht schwer zu erraten,

was hätte geschehen können. Sie würde nie vergessen, wie es sich anfühlt, ins Eis einzubrechen.

Sie mieden den Bach, der auf der südwestlichen Seite in den See mündete, und blieben auf einem festgetretenen Pfad, der durch das sumpfige Gebiet führte.

»Denk daran, Kate«, mahnte Anders, »wenn du jemals allein hier entlangfährst. Dies ist der einzig sichere Weg, den See zu überqueren.«

Eine Zeit lang folgten sie dem Weg nach Trade Lake. Dann übernahm Erik die Führung und bahnte einen Weg durch den Wald. Ihre breiten Skibretter ließen sie selbst in tiefem Schnee nicht einsinken.

Bald schon erreichten sie eine große offene Stelle. Anders und Erik schauten sich um, Kate ebenfalls. Auf dieser Seite des Sees neigte sich das Land allmählich nach unten, dorthin, wo sich im Sommer das Wasser befand. Auf der gegenüberliegenden Seite der Bucht stieg das Ufer steil nach oben zu einem bewaldeten Hügel und Farmland.

Abgesehen von Tierspuren war der Schnee hier noch unberührt. Mit seinen Bäumen und Hügeln sah diese Gegend völlig friedlich aus. Warum wollte LeRoy Fenton nicht, dass die Männer auf dem Hidden Lake arbeiteten?

Erik fasste Kates Enttäuschung in Worte. »Nichts Besonderes zu sehen.«

Anders fuhr jedoch auf den See hinaus. »Also, wir haben Mama versprochen, dass wir Fisch mitbringen. Wir fangen jetzt besser an zu angeln.«

Mit dem Gesicht zum Südufer gerichtet, machte er Schritte nach links und nach rechts und stellte sich in eine Linie mit einem großen Baum.

»Suchst du etwas?«, fragte Kate.

»Jup. Meine Lieblingsstelle zum Angeln.«

Anders nahm die Eishacke, die er trug, und entfernte den Schnee von der Eisoberfläche. Die Hacke hatte einen langen Stiel und eine schmale Klinge, die etwa fünf Zentimeter breit war. »Ich vermute, dass ich dir ein Loch in das Eis hacken muss, Kate«, meinte Anders und begann zu hacken.

Das Geräusch durchbrach die Stille. Es dauerte nicht lange und die Hacke schlug platschend in kaltes, dunkles Wasser.

Danach schlug Lars sich ein Loch in das Eis, dann Erik. Anders holte eine Angelleine hervor, dann hackte er ein viertes Loch für sich selbst.

»Komm, Kate, ich zeig dir, wie es geht.« Er gab ihr ein kleines Stück Holz, um das eine Kordel gewickelt war, dann griff er in eine Dose. Als er einen weichen weißen Wurm hochhielt, machte Kate einen Schritt nach hinten.

Anders lachte. »Er beißt dich schon nicht, Angsthase!«

Erik lächelte. »Vielleicht möchte sie stattdessen lieber ein Stück Schweineschwarte.«

Lars hatte seine Leine bereits durch sein Loch im Eis fallen lassen. Es dauerte nicht lange und er rief: »Ich hab etwas!«

Kate sah, wie seine Leine weiter in das Wasser

tauchte. Einen Augenblick lang ließ Lars die Leine laufen, dann zog er sie ruckartig hoch, damit der Angelhaken sich festsetzte. Er zog die Leine ein, indem er sie um das kleine Stück Holz wickelte. Plötzlich tauchte zuerst der Kopf, dann der Körper und schließlich der Schwanz eines Hechts durch das Eisloch auf.

»Ist der groß!«, rief Kate.

Erik und Anders stellten sich an dem Loch auf, bereit, den Fisch festzuhalten, wenn er vom Haken schlüpfen sollte. Doch die Leine hielt und Lars warf den Hecht auf den Schnee in Sicherheit. Stolz hielt er ihn hoch.

»Oh, wow!«, staunte Kate.

Anders schlug seinem Bruder anerkennend auf die Schulter. »Das ist ein Sechs- oder Siebenpfünder!«

»Er ist mehr als sechzig Zentimeter lang!«, rief Erik.

Lars' Augen glühten vor Aufregung. »Das ist sicher der größte Fisch, den ich jemals gefangen habe!«

»Gut, lasst uns sehen, ob wir es mit Lars aufnehmen können«, meinte Anders und ließ seine Leine in das Wasser gleiten.

Kate griff nach einem Stück Schweineschwarte, doch dann fiel ihr ein, dass sie kein Angsthase sein wollte. Behutsam steckte sie ihre Finger in die Dose, um einen weichen weißen Wurm herauszuholen. Als sie ihn mit dem Haken aufspießte, zermatschte er.

Kate biss sich auf die Lippe. Schnell ließ sie ihre Leine durch das Eisloch fallen.

Kurz darauf spürte sie einen Widerstand. »Ich habe etwas gefangen!«

»Ah, Kate«, dehnte Anders. »So schnell kannst du nichts gefangen haben. Warst du schon jemals vorher angeln?«

Kate schüttelte den Kopf. Trotzdem beobachtete sie ihre Angelleine. Sie war sich sicher, dass etwas am anderen Ende hing.

Erik kam zu ihr herüber und stellte sich neben sie. »Lass den Fisch ein wenig mit dem Köder spielen.«

Kate hielt die Leine jetzt locker, doch sie wurde nicht nach unten gezogen wie bei Lars. Stattdessen blieb sie ruhig und bewegte sich nicht im Geringsten. Als sie versuchte, die Leine wieder aufzuwickeln, ging es nicht.

»Einen Augenblick, Kate.« Erik starrte in das Loch. »Irgendetwas stimmt da nicht.«

Jetzt schaute auch Anders herüber. »Hast du einen richtig dicken Fisch?« Er gab Lars seine Angelleine und kam zu ihnen. Erik zog seinen Handschuh aus und nahm Kates Leine in die Hand. »Sie hat sich an irgendetwas verhakt.«

»Mitten im See?«, fragte Kate.

»Sind hier vielleicht Algen?«, meinte Anders. Auch er nahm die Leine und zog vorsichtig, aber kräftig daran. »Sie hat sich wirklich verhakt.«

Erik kniete sich hin. Er zog langsam und vorsichtig an der Leine, wobei er darauf achtete, dass sie nicht riss. Doch sie hing fest.

»Lass mich mal versuchen«, meinte Anders. Als er nochmals daran zog, schien sie freizukommen, doch Anders konnte sie nur ein kleines Stück weit ziehen.

Von der gegenüberliegenden Seite des Lochs zerrten Anders und Erik noch einmal. Wieder kam ein kleines Stück Leine zum Vorschein und zog etwas mit sich.

»Eine Kette!«, rief Kate. »Die Leine hat sich in den Kettengliedern verhakt!«

»Gut, kleine Schwester«, erklärte Anders. »Diesmal hast du recht!«

Erik streckte seine Hand in das dunkle Wasser und griff nach der Kette. »Nimm die Eishacke«, forderte er sie auf. »Beeil dich!«

Schnell steckte Kate den langen Stiel durch den Ring, den Erik hielt. Der Stiel, der nun quer über dem Loch lag, verhinderte, dass die Kette wieder ins Wasser rutschte.

Stück für Stück zog Anders die Kette weiter heraus.

»An der Kette hängt etwas!«, rief Lars, der die anderen Angelleinen eingesammelt hatte.

»Stimmt genau, alter Kumpel«, erwiderte Anders. »Und zwar etwas, was für dieses Loch zu groß ist.«

»Was ist es denn?«, fragte Kate.

Anders zuckte mit den Schultern. »Ganz egal, was es ist … Wir müssen das Loch vergrößern. Dafür brauchen wir aber die Eishacke. Wo ist mein Skistock?«

Während Anders die Kette festhielt, zog Erik die Eishacke aus dem Ring und steckte den Skistock hindurch. Dann erweiterten die Jungen das Loch.

Als Kate die anderen ablöste und weiterhackte, sah sie, dass etwa fünfzig Zentimeter unter der Oberfläche etwas im Wasser schaukelte. »Es ist aus glänzendem Metall«, stellte sie fest.

Mehr als einmal wechselten Kate und die Jungen sich ab, um an der Kette zu ziehen, wobei jedes Mal einer von ihnen zur Eishacke griff, um das Loch zu vergrößern.

Schließlich legte Anders die Eishacke beiseite. »Lasst es uns noch einmal versuchen.«

Er und Erik knieten sich einander gegenüber an die Ränder des nun recht großen Lochs. Während Erik an der Kette zog, griff Anders nach dem Gegenstand. Einen Augenblick lang geschah nichts. Dann zog Erik noch einmal kräftig. Diesmal tauchte eine 25-Liter-Milchkanne an die Oberfläche.

Anders versuchte, sie zu packen, doch sie rutschte ihm aus den Händen. »Für eine Kanne dieser Größe ist sie viel zu schwer, selbst, wenn sie voll wäre.« Er beugte sich zurück, um zu überlegen.

Wieder zerrte Erik mit einem kräftigen Ruck an der Kette. Diesmal kam ein Griff an der Wasseroberfläche zum Vorschein. Kate packte ihn und zog die Kanne ein Stück weit hoch. Doch Anders' starke Arme waren nötig, um die Kanne auf das Eis zu hieven.

An den Seitengriffen der Kanne waren Ketten befestigt, die unten mit der Kette verbunden waren, an der sich Kates Angelhaken verhakt hatte. Diese Kette führte hinunter in das dunkle Wasser.

Wieder ergriff Erik die eiskalte Kette. Stück für Stück zog er die Kette nach oben, bis etwas Schweres an der Oberfläche auftauchte. Mit einem kräftigen Ruck zog er einen dicken Stein heraus, der mit Draht umwickelt war.

»Kein Wunder, dass sie so schwer ist!«, erklärte Erik.

»Ein guter Fang!«, meinte Kate.

»Für einen Anfänger nicht schlecht!«, bestätigte Anders. »Aber was macht eine Milchkanne da unten im See?«

»Ist sie wasserdicht?«, fragte Kate.

»Wenn der Deckel fest geschlossen ist«, antwortete Erik. »Wer mit dieser Kanne zu tun hatte, wird dafür jedenfalls gesorgt haben.«

Zwei Seile, deren Enden an den Seitengriffen festgebunden waren, bildeten oben auf dem Deckel der Kanne ein X. Der Deckel war so fest geschlossen, wie es nur möglich war.

Wer würde eine Milchkanne im eisigen Wasser eines Sees versenken? Was mochte wohl in der Kanne sein?

Entdeckung!

Kate zog ihre Handschuhe aus, um die Knoten zu lösen, mit denen der Deckel festgebunden war. An dem Seil bildete sich Eis. Bald würde es hart gefroren sein.

Die beißende Kälte ließ Kates Hände taub werden. Ihre Finger wurden steif und unbeholfen. Den Deckel der Kanne bedeckte bereits eine Eisschicht.

»Wo hast du dein Messer, Anders?«, fragte Kate.

Ihr Bruder tastete seine Taschen ab und zog es hervor. Sobald Anders das Seil durchgeschnitten hatte, riss Erik den Deckel herunter.

Lars griff in die Kanne. »Ein Jutesack!« Er hielt ihn hoch, damit alle ihn sehen konnten. Der Sack war mit einer starken Kordel zugeschnürt.

Erik half Anders, die Kordel loszubinden. Dann schauten alle in den Sack.

Lars' blaue Augen funkelten. Erik stieß einen langen Pfiff aus. Kate spürte, wie ihr das Herz bis zum Hals schlug.

»Das dachte ich mir!«, rief Anders aus.

Es war Kate, die einige Zettel aus dem Sack hervorholte. »Das sind ja Schecks von der Molkerei-Genossenschaft in Trade Lake!«

Anders nahm noch eine Handvoll Schecks heraus und las die Namen laut vor. »Dieser hier ist für Josies Vater, Henry Swenson. Und hier ist der Scheck für deinen Vater, Erik.«

»Und Papas?«, fragte Kate, wobei sie die Schecks durchsah, die sie in der Hand hielt. »Elroy Johnson. Stanley Sundquist. Hier ist er! Carl Nordstrom.«

Lars grinste von einem Ohr zum anderen. »Das ist ganz klar die Beute aus dem Diebstahl!«

Im gleichen Augenblick überkam Kate ein ungutes Gefühl. Die Worte von Lars machten ihr bewusst, was diese Entdeckung bedeutete und welche Gefahr sie mit sich brachte. Sie blickte über die Schulter und fragte: »Was machen wir jetzt?«

Anders steckte die Schecks zurück in den Jutesack. Erik band ihn wieder zu, ließ ihn zurück in die Kanne gleiten und verschloss die Kanne mit dem Deckel. Auch er schaute sich um.

Der Hidden Lake schien ruhig und friedlich zu sein, doch Anders sprach das aus, was sie alle empfanden. »Wir stehen hier draußen auf dem Präsentierteller. Wenn irgendjemand hier vorbeikommt, sieht er uns sofort.«

»Lasst uns zusehen, dass wir vom Eis herunterkommen«, schlug Kate vor.

Wieder schauten sie sich um, doch diesmal nach einem Versteck. Am nördlichen Ende der Bucht kennzeichnete hohes gebeugtes Gras ein Sumpfgebiet. An einer anderen Stelle stieg das Ufer steil nach oben. Mit der Milchkanne und dem schweren Stein dort hochzuklettern, würde schwierig sein. An der Südseite der Bucht, nahe der Stelle, wo sie mit ihren Skiern entlanggekommen waren, stieg der Boden sanft an.

»Wie ist es mit dort drüben?«, fragte Kate.

»Wenn wir nur diesen großen Stein loswerden könnten«, meinte Anders. Aber die Kette und der Draht, der um den Stein gewickelt war, waren zusammengefroren.

»Beweismaterial sollten wir sowieso nicht vernichten«, erwiderte Erik.

Während Anders die Milchkanne trug und Erik den Stein, verließen sie das Eis und begaben sich in den Schutz der Bäume.

»Hat jemand irgendeine Idee?«, fragte Anders, als er die Kanne absetzte.

»Wir müssen Hilfe holen«, erklärte Kate.

»Ich weiß, ich weiß.« Anders' Stimme klang ungeduldig. »Aber was machen wir mit der Milchkanne? Bringen wir sie zur Molkerei, sieht uns die ganze Stadt, wenn wir durch Trade Lake marschieren.«

»Die ganze Stadt – und vielleicht der Dieb«, ergänzte Kate. Mit jeder Minute wurde ihr deutlicher, wie gefährlich ihre Entdeckung war.

»Also können wir nicht zur Molkerei gehen«, entschied Lars. Seine blauen Augen, die von Sommersprossen umgeben waren, blickten ernst.

»Du hast es erfasst, Bruder!«, erwiderte Anders. »Vielleicht sollten wir uns aufteilen – zwei von uns gehen Hilfe holen und zwei bleiben hier.«

Aber Erik warf einen Blick auf Kate und Lars. »Wir bleiben zusammen«, erklärte er. Er sagte es so, als käme überhaupt nichts anderes infrage.

»Wo können wir die Kanne verstecken, während wir Hilfe holen?«, fragte Kate.

Erik ging ein Stück zurück und schaute am diesseitigen Ufer entlang. »Dort ist ein Gebüsch.« Er zeigte darauf. »Aber wir haben noch ein größeres Problem.«

Kate wusste, was er meinte. »Unsere Spuren im Schnee. Sie führen jeden direkt zur Milchkanne.«

Dann bemerkte sie, dass die Sonne bereits tief am Horizont stand. Schon bald würde der Hügel kalt und dunkel sein. »Wir müssen uns entscheiden«, forderte sie die anderen auf.

Anders, der einen Blick zur Sonne warf, sah besorgt aus. »Das Gebüsch wird als Versteck ausreichen. Also lasst uns unsere Spuren verwischen.«

Sie ließen die Kanne am Ufer und kehrten zu den Angellöchern im Eis zurück. Anders und Erik schnallten sich ihre Skier unter und fuhren zurück zum Abhang. Lars nahm seinen Fisch, die Angelleinen und Köder und fuhr zu der Stelle, an der sie an den See gekommen waren.

Kate stampfte den Schnee fest, um den tiefen Ring zu verbergen, den der Boden der Milchkanne hinterlassen hatte. Das große Loch im Eis mussten sie lassen, wie es war – in der Hoffnung, dass es möglichst bald wieder zufrieren würde.

Kate schnallte ihre Skier an, nahm die Eishacke und folgte Anders und Erik zum Ufer. Mit der Klinge glättete sie die Spur, die die Kanne hinterlassen hatte.

Anders trug die Milchkanne und Erik den Stein, und so fuhren sie dicht an das Gebüsch heran.

Anders nahm einen Fuß vom Ski, streckte sich aus und setzte die Milchkanne in das Gebüsch. Erik reichte ihm den Stein, den Anders ebenfalls versteckte. Jetzt reckte sich Anders noch weiter vor und zog Äste über die Kanne, den Stein und seinen Stiefelabdruck.

Als sie schließlich zu Lars kamen, dämmerte es bereits. Kate schaute sich um und sah weit und breit niemanden. Vielleicht hatte der See den passenden Namen und sie waren hier wirklich gut verborgen – denn »Hidden Lake« heißt so viel wie »Verborgener See«.

»Wir müssen uns entscheiden, wem wir etwas von der Sache erzählen«, meinte Anders. »Es könnte fast jeder der Dieb sein.«

Kate fühlte sich unbehaglich. »Heißt das, wir könnten ihm gegenüberstehen, ohne es zu wissen?«

»Jup!« Anders zeigte wieder sein schiefes Grinsen. »Denk mal eine Minute darüber nach! Denk nur, wie abenteuerlich dein Leben werden kann.«

Kate gefiel dieser Gedanke überhaupt nicht. Dann bemerkte sie den Blick von Lars. Er war immer feinfühliger als Anders. Mit einem Dieb zu sprechen, schien für ihn ebenfalls kein Spaß zu sein.

»Das ist nicht komisch, Anders«, erwiderte Kate und deutete mit dem Kopf hinüber zu ihrem jüngeren Bruder.

»Ich wollte nur, dass du das Risiko erkennst«, entgegnete Anders. Doch er schnappte Kates Hinweis auf. Sein Grinsen verschwand.

»Was können wir also tun?«, fragte Erik. »Wem können wir vertrauen?«

Kate wusste keinen Rat. Sie vertraute Herrn Swenson, Josies Vater. Aber wäre er die richtige Person für eine solche Angelegenheit?

»Was haltet ihr von Herrn Bloomquist?«, fragte Lars. In der Dämmerung sah man die Sommersprossen auf seinem blassen Gesicht besonders deutlich.

»Der Molkereileiter?« Anders dachte darüber nach. »Er ist neu hier. Ich kenne ihn noch nicht besonders gut.« Er sah Erik an. »Du, Erik?«

Erik schüttelte den Kopf. »Aber wir brauchen jemanden, der mit der Molkerei zu tun hat.«

»Lasst uns doch zu Andrew Anderson Nummer 3 gehen«, schlug Anders vor. »Er ist der Schatzmeister.«

»Du vertraust ihm?«, fragte Kate.

»Jo, natürlich. Ihm würde ich sogar unser Leben anvertrauen!«

»Anders!«, empörte sich Kate. »Hör mit dem Unsinn auf. Das ist überhaupt nicht komisch!«

Anders sah ausnahmsweise völlig ernst aus. »Ich mache keinen Spaß, Kate. Bevor Papa wegfuhr, hat er mir übertragen, auf dich, Mama und Tina achtzugeben.«

»Auf mich auch?«, fragte Lars.

»Auf dich auch, kleiner Bruder.« Anders zwinkerte. »Aber Kate ist das größte Problem. Mit euch Übrigen komme ich schon klar.«

Kate schnaubte ärgerlich, doch Erik lachte. »Mach

dir keine Sorgen, Anders. Ich helfe dir, was Kate betrifft.«

Anders grinste. »Hab ich doch gesagt, ein ziemlich großes Problem, wenn schon zwei Leute dafür benötigt werden.«

Bevor Kate etwas erwidern konnte, setzte Anders sich über das Eis des Hidden Lake zurück in Bewegung. »Ihr braucht mir nur zu folgen. Ich bin euer vertrauenswürdiger Führer durch dick und dünn, durch die Kälte des Tages und durch die Gefahr in der Nacht.«

Kate konnte nicht anders – sie musste kichern. Während sie seiner Spur folgte, rief sie ihm nach: »Aber Anders, woher weißt du, dass du Herrn Anderson vertrauen kannst?«

Anders drehte sich um. »Weil Papa ihm vertraut. Papa mag, was sein Name ausdrückt. Mama und er haben mich deshalb ›Anders‹ genannt.«

Kate war überrascht. Sie wusste nur, dass die Mutter ihres Stiefbruders durch eine Krankheit gestorben war. Anders sprach selten darüber. Einige Monate später hatten Anders' Vater und Kates Mutter geheiratet. In der Zeit, als nur ein Elternteil da war, hatte Anders die Verantwortung und die Aufgaben eines Erwachsenen übernehmen müssen.

»Anders? Nach Andreas?«, fragte Kate.

»Jup, Anders ist der schwedische Name für Andreas. Ich bin nach dem Andreas in der Bibel benannt, genauso auch Andrew Anderson Nummer 3. Deshalb bin ich auch so groß!«

Im Zwielicht erspähte Kate sein Grinsen. Weil sie wusste, dass sie schon bald von völliger Dunkelheit umgeben sein würden, fuhr sie schnell. Lars folgte ihr und Erik bildete den Abschluss.

Nach einiger Zeit rief Kate: »Wie weit ist es noch, Anders?«

»Seine Farm liegt nördlich vom Hidden Lake.«

Als sie das Haus von Herrn Anderson erreichten, schnallte Anders seine Skier ab und sprang die Stufen zum Eingang hinauf. Ein großer schlanker Mann mit einem langen, wallenden Bart öffnete die Tür.

»Ich *kenne* ihn!«, murmelte Kate vor sich hin. Sie erinnerte sich an Begebenheiten, bei denen Herr Anderson in der Kirche gesprochen hatte. Mehr als einmal hatte er der Gemeinde geholfen, weise Entscheidungen zu treffen.

»Kommt herein, kommt herein«, forderte er sie auf. Im Schein der Petroleumlampe sahen sein Bart und sein Haar wie eine Mischung aus Salz und Pfeffer aus, grau und weiß. Sein von Falten geprägtes Gesicht strahlte vor Freundlichkeit.

Als Kate die Wärme des Holzofens spürte, merkte sie, wie durchgefroren sie war. Trotz der Wollsocken und Handschuhe waren ihre Zehen und Finger taub geworden.

Die Andersons saßen gerade beim Abendessen und Frau Anderson stellte nun noch mehr Teller auf den Tisch. Nachdem Herr Anderson das Tischgebet gesprochen hatte, begannen alle anderen mit dem

Essen. Doch Herr Anderson drehte sich zu Anders. »Also, was kann ich für euch tun?«

Während ihr Bruder die Geschichte erzählte, beobachtete Kate den älteren Mann. Der Ausdruck seiner Augen veränderte sich von Verwunderung zur Erleichterung und dann zur Freude. Er stand auf und schlug Anders auf die Schulter. »Gut, wir gehen der Sache nach. Lasst uns die Milchkanne aus ihrem Versteck unter den Büschen holen.«

Eine Minute später kehrte er in warmer Kleidung zurück. Nachdem er eine Farmlaterne angezündet hatte, führte er sie zum Stall. Gemeinsam schirrten sie die Pferde an.

»Wir holen noch Harry Bloomquist«, meinte Herr Anderson, als sie in den Schlitten kletterten. »Er arbeitet heute länger in der Molkerei. Sollten wir Schwierigkeiten bekommen, haben wir auf diese Weise zwei Hände mehr.«

Schließlich fuhren sie bei der Molkerei vor. Kate sah durch das Fenster den Schein einer Petroleumlampe. Der Molkereileiter saß an seinem Schreibtisch und arbeitete an einigen Papieren.

»Herzlich willkommen«, begrüßte er sie, als sie den kleinen Raum mit dem Dampfkessel betraten. »Wem verdanke ich die große Ehre eures Besuchs?«

»Wir haben gute Nachrichten für dich, Harry.« Herr Andersons Augen leuchteten im Licht der Lampe. »Diese jungen Leute haben die Schecks gefunden!«

Anders genoss jeden Augenblick, während er

erzählte, was geschehen war. Die Geschichte hörte sich jetzt, wo er sie zum zweiten Mal erzählte, noch besser an.

Jetzt können wir den Kleiderstoff für Mama kaufen, dachte Kate, während sie ihrem Bruder zuhörte. Vielleicht konnten sie sogar noch zusätzlich Stoff für Babykleidung kaufen.

»Wir schlugen ein größeres Loch in das Eis und zogen die Kanne heraus«, berichtete Anders gerade, als Kate im Nebenraum ein Geräusch hörte – ein flüchtiges Geräusch, als bewege sich jemand sehr leise. Sie achtete nicht mehr auf die Stimme ihres Bruders, sondern lauschte angestrengt.

»Wo befindet sich die Milchkanne jetzt?«, fragte der Molkereileiter.

»In einem Gebüsch am südlichen Ufer des Hidden Lake«, antwortete Anders.

Als Kate ein weiteres Geräusch vernahm, erinnerte sie sich daran, wie gut man ihre Stimmen im anderen Raum hören konnte. Auch Erik schien zu lauschen. Ihre Blicke trafen sich und Kate deutete mit dem Kopf zur Tür. Erik nickte. Leise schlich er zur Tür, die zu dem größeren Raum führte.

Kate nahm die Farmlaterne von Herrn Anderson und folgte ihm. Gerade als Erik den Türknauf drehte, krachte im anderen Raum etwas herunter.

Jetzt ließ Erik alle Vorsicht beiseite und stieß die Tür auf. Kate folgte ihm mit der Laterne.

Mitten auf dem Boden lag eine umgeworfene Milchkanne. Erik griff nach der Laterne, die

Kate hielt. Ihr schwacher Schein durchdrang kaum die Schatten, doch Erik hielt sie trotzdem hoch. Er begann an einer Seite, den Raum zu durchsuchen.

Irgendwo hinter dem großen Butterfass nahm Kate eine Bewegung wahr. »Dort hinten!«, rief sie und deutete in das Dunkel.

Im Licht der Laterne glühten zwei Augen aus der Dunkelheit.

Nächtliche Suche

Kate wich einen Schritt zurück. Was für ein Tier lauerte dort im Schatten?

Erik jedoch ging darauf zu. Eine große Katze mit orangefarbigem Fell stürmte hervor. Kate sprang hoch und kam sich gleichzeitig ziemlich dumm vor.

Die Katze schoss an ihr vorbei auf den Molkereileiter zu.

»Falscher Alarm!«, meinte Herr Bloomquist, als er den Raum betrat. »Tabby ist unser bester Mäusefänger.«

»Falscher Alarm?«, flüsterte Kate Erik zu. »Das glaube ich nicht. Ich habe gehört, wie sich eine Tür schloss.«

»Ich glaube es auch nicht«, gab Erik leise zurück.

Die Tür zum Kühlraum befand sich nur ein paar Schritte vom Versteck der Katze entfernt. Daneben war eine weitere Tür. Erik stieß sie mit einem Ruck auf und lief nach draußen. Kate lief hinterher, dann kamen auch Anders und die Männer.

Erik und Herr Anderson gingen in linker Richtung um die Molkerei herum, Kate und Anders entgegengesetzt. Herr Bloomquist suchte zwischen den Bäumen hinter dem Gebäude. Sie fanden jedoch niemanden, der sich im Dunkeln verborgen hätte.

»Was auch immer es war – es ist verschwunden«, erklärte Erik, als sie wieder zusammentrafen.

»›*Wer* auch immer es war‹, meinst du wohl«, entgegnete Kate. »Die Geräusche, die ich gehört habe, kamen nicht von einer Katze.«

»Wir sind alle ein bisschen nervös«, meinte Herr Bloomquist, als sie wieder hineingingen. »Aber erzähl mir noch, wie es weiterging, Anders.«

Anders strich seinen blonden Haarschopf nach hinten und erzählte schnell. »Dann gingen wir zu Andrew Anderson«, berichtete er.

Während Herr Bloomquist eine Frage nach der anderen stellte, wurde Kate immer unruhiger. »Können wir nicht endlich zum See fahren?«, fragte sie schließlich.

Der Molkereileiter griff nach seinem Mantel. Bis eine Farmlaterne gefunden und angezündet war, vergingen weitere Minuten.

Draußen kletterten sie in den Schlitten. Herr Anderson schlug den Weg hinter der Molkerei ein. Am Hidden Lake schnallten Kate und die Jungen ihre Skier unter. In dem tiefen Schnee kamen sie so besser vorwärts.

Erik, der eine Laterne hielt, führte sie den Abhang hinauf. Die Männer trotteten mit der zweiten Laterne hinterher. Mehr als einmal blickte Kate über die Schulter, froh, dass Herr Anderson bei ihnen war. Was war, wenn die Person, die die Schecks gestohlen hatte, sie aus der Dunkelheit beobachtete?

Lars, der vor Kate herfuhr, sah müde aus. Normalerweise war er ziemlich schnell, doch jetzt hatte er Schwierigkeiten, mit den älteren Jungen Schritt zu halten.

Als sie das Gebüsch erreichten, kam der Halbmond hinter den Wolken hervor. Kate hielt die Laterne und Erik und Anders zogen die Äste und Zweige beiseite.

Es dauerte nicht lange und Kate wusste, dass etwas nicht stimmte. »Wo ist die Milchkanne?«, fragte sie.

Ohne zu antworten, arbeiteten die Jungen noch schneller. Nachdem sie jeden Zweig beseitigt hatten, ohne etwas zu finden, mussten sie aufgeben.

»Seid ihr euch sicher, dass es die richtige Stelle ist?«, fragte Herr Bloomquist.

»Ganz sicher«, knurrte Anders.

Erik war noch aufgebrachter. »Ich *weiß*, dass ich sie hierhin gestellt habe!«

»Vielleicht gibt es noch ein Gebüsch«, meinte Herr Anderson. Er verließ sie und marschierte zum See hinunter. Kate folgte ihm auf Skiern.

Vom schneebedeckten Eis schauten Kate und Herr Anderson den Abhang hinauf und suchten ihn mit ihren Blicken ab. Das schwache Licht machte es schwer, etwas zu entdecken. Da sie nichts fanden, kehrten sie zu den anderen zurück.

»Seid ihr euch sicher, dass das die Stelle ist, wo ihr die Kanne versteckt habt?«, fragte der Molkereileiter erneut.

Anders lachte heiser in die kalte Nachtluft. »Das ist die Stelle. Glauben Sie etwa, wir wollen Sie auf den Arm nehmen?«

»Nein, nein«, erwiderte Herr Bloomquist schnell.

»Wir haben Sie nicht umsonst hierher geführt.« Erik hörte sich an, als wollte er sich entschuldigen, aber Kate wusste, dass er sich ärgerte. »Wir waren ehrlich zu Ihnen.«

»Ich glaube euch«, meinte Andrew Anderson einfach. »Ich kenne dich, Anders, und ich vertraue dir. Jemand wollte nicht, dass wir die Milchkanne finden.«

»Das krachende Geräusch in der Molkerei«, sagte Kate. »Sogar eine große Katze könnte keine Milchkanne umwerfen. Sie ist viel zu schwer.«

Herr Anderson nickte. »Gut überlegt, Kate.«

»Wenn uns jemand belauscht hat, war er vor uns hier«, erklärte Erik.

Wieder stimmte Herr Anderson zu. »Wir müssen herausfinden, wer hier war. Lasst uns nach Spuren suchen. Und lasst uns leise sein, für den Fall, dass der Dieb noch in der Nähe ist und uns beobachtet.«

Direkt vor dem Gebüsch war der Schnee zu sehr festgetreten, um Schuhabdrücke erkennen zu können. Anders, Herr Anderson und Lars griffen sich eine Laterne, während Kate, Erik und Herr Bloomquist mit der anderen Laterne die Suche aufnahmen.

Es war leicht, ihre Skispuren vom Nachmittag zu finden und die Spuren, die sie bei ihrer Rückkehr zum See gemacht hatten. Als sie in einem Kreis um das Gebüsch herum ausschwärmten, entdeckte Kate Stiefelabdrücke.

Im selben Augenblick rief Anders von der gegenüberliegenden Seite: »Hier ist etwas!« Auch hier führten Stiefelspuren in den Wald.

»Es waren also zwei Leute?«, fragte Erik. »Das ist seltsam.«

Lars und Herr Anderson folgten Anders in die eine Richtung, während Kate, Erik und Herr Bloomquist die andere Richtung nahmen. Kate entdeckte einen weiteren Stiefelabdruck, dann noch einen. Sie waren von mittlerer Größe und lagen so weit auseinander, als wäre die Person gerannt oder schnell gelaufen.

Die drei hatten schon eine Strecke zurückgelegt, als die Laterne plötzlich flackerte und ausging. Erik stöhnte. »Das Petroleum ist ausgegangen!«

Die Stimme von Herrn Bloomquist hörte sich ebenfalls aufgebracht an. »Ich habe vergessen, sie zu füllen! Ich gehe zurück, um die andere Laterne zu holen.«

Als Herr Bloomquist in der Dunkelheit verschwand, flüsterte Kate: »Erik, traust du ihm?«

»Ich weiß nicht recht«, flüsterte er zurück. »Vielleicht ist es, weil er neu in seinem Beruf ist. Aber es gibt eine Verzögerung nach der anderen. Wären wir direkt losgegangen, um die Milchkanne zu holen, hätten wir sie jetzt!«

Kate seufzte. »Jede Minute, die wir verlieren –«

»Ich weiß. Der Dieb entkommt immer weiter.«

Kate blickte angestrengt auf den Boden. »Vielleicht können wir ohne Laterne etwas erkennen.«

Sie standen an einer offenen Stelle zwischen den

Bäumen, wo das Licht etwas besser war. Erik deutete nach vorn. »Dort befindet sich der nächste Fußabdruck. Lass es uns versuchen.«

Sie umgingen die westliche Seite des Sees und beobachteten dabei sorgfältig den Boden. Bald schon verdunkelten Zweige das spärliche Mondlicht und sie mussten stehen bleiben.

Kate schaute nach oben, wo der Mond sich hinter Wolken verbarg. »Ich wünschte, es wäre Vollmond.«

Als Herr Bloomquist zurückkam, brachte er die anderen mit. Die Spur, der Herr Anderson, Anders und Lars gefolgt waren, führte nach kurzer Entfernung in einem Bogen zurück zu dem Loch im Eis. Im Schein der Laterne machte Herr Anderson wegen der verlorenen Zeit ein grimmiges Gesicht.

»Hätten wir doch nur Lutfisk dabei«, meinte Anders. »Er würde den Dieb in einer Minute finden.« Lutfisk war nach dem Dörrfisch benannt, den die Schweden zu Weihnachten essen, und er war ein guter Fährtensucher.

Mittlerweile zitterte Lars vor Kälte. »Warum gehst du nicht zurück zum Schlitten?«, forderte Kate ihn auf. »Du könntest dich unter der Pferdedecke aufwärmen.«

Aber Lars schüttelte den Kopf. Als sie wieder losgingen, hielt er mit den anderen Schritt.

Sie fuhren weiter am See entlang, bis die Stiefelabdrücke einen steilen Hang hinaufführten. Dort ließen sie ihre Skier in einer Schneewehe stehen und stapften weiter.

Kate taten schon bald vom Laufen durch den tiefen Schnee die Beine weh. Als sie glaubte, keinen weiteren Schritt mehr gehen zu können, gelangten sie zu einer großen Lichtung. Gerade als sie die Lichtung überqueren wollten, brach der Mond durch die Wolken.

Auf der anderen Seite der Lichtung hob sich eine große Kiefer dunkel gegen den Nachthimmel ab. Die unteren Äste zitterten. Befand sich jemand hinter diesem Baum? Kate war sich nicht sicher.

Dann bewegten sich neben der Kiefer die Büsche. Kate schnürte sich vor Angst der Hals zu.

Sie streckte ihre Hand aus und berührte Eriks Arm. Als er etwas sagen wollte, zischte sie: »Pssst!« Dann deutete sie auf die große Kiefer. »Ist dort nicht jemand?«

»Bleib hier!«, antwortete er mit gedämpfter Stimme. Er stürmte los und rannte so schnell er konnte. Anders und die Männer folgten ihm.

Einen Augenblick später rannte auch Kate hinter ihnen her. Erik wollte sie nicht in Gefahr bringen; sie wollte jedoch sehen, was geschah.

Der tiefe Schnee behinderte sie. Nachdem Erik eine Strecke zurückgelegt hatte, stolperte er und fiel hin. Einen Augenblick lang lag er außer Atem am Boden. Als Kate bei ihm ankam, sprang er schon wieder auf und rannte weiter auf den Baum zu.

Er, Kate und Anders erreichten den Baum gleichzeitig. Es stand dort niemand, der sich versteckte. Doch im Schnee waren Stiefelabdrücke zu sehen.

Kate hielt die Laterne hoch und alle schauten sich um. Neben den Büschen entdeckten sie Abdrücke, die in Richtung der Lichtung zeigten.

»Er hat Ausschau gehalten von hier«, erklärte Kate, wobei ihr ein Schauer über den Rücken lief. »Er hat *uns* beobachtet. Wie lange mag das her sein?«

Gerade in diesem Augenblick bewegte der Wind die Büsche. Oder war es etwas anderes? Wer konnte das sagen?

Anders erkundete die Umgebung und fand Spuren, die von der Kiefer fortführten. Erik nahm die Laterne und sie folgten den Stiefelabdrücken bis zu einer vereisten Straße. Dort verloren sich die Spuren.

Wieder teilten sie sich in zwei Gruppen und jede Gruppe nahm eine Richtung. Mit nur einer Laterne war es schwierig herauszufinden, wo jemand die Straße verlassen hatte.

Schließlich mussten sie die Suche aufgeben. Es war keine Spur mehr zu entdecken. Die Fußabdrücke waren im Dunkel der Nacht verschwunden.

Anders stöhnte. »Er ist entkommen! Wir haben das Geld gefunden und wieder verloren!«

Für Kate war das der schwerste Schlag – sie waren so nah dran gewesen und hatten es nicht geschafft. Aber Andrew Anderson Nummer 3 ermutigte sie: »Ihr habt euer Bestes getan.«

Anders gab sich damit nicht zufrieden. »Wir hätten die Milchkanne zu Ihnen bringen sollen. Wir hatten Angst, der Dieb könnte uns sehen, während wir sie zu Ihnen tragen.«

»Ihr hattet recht«, meinte der ältere Mann. »Ihr hättet den Dieb vielleicht gewarnt. Zumindest wissen wir jetzt, dass die Schecks noch hier in der Gegend sind. Ich werde Sheriff Saunders benachrichtigen. Wir werden unsere Suche von vorn beginnen.«

Sie gingen durch den Wald zurück und holten ihre Skier, dann begaben sie sich zu Herrn Andersons Schlitten. »Steigt ein«, forderte er sie auf, »ich fahre euch nach Hause.«

Lars' Gesicht sah verkniffen und weiß vor Kälte aus. Als er unter eine schwere Pferdedecke krabbelte, zitterte er am ganzen Körper.

Kate, die ihn zittern sah, machte sich Sorgen. Lars war in diesem Winter schon zu oft krank gewesen.

Als sie sich der Molkerei näherten, zügelte Herr Anderson die Pferde. »Bei allem, was geschehen ist, könnten wir leicht den Wettkampf vergessen«, meinte er zu Herrn Bloomquist. »Wir wollen immer noch, dass Sie daran teilnehmen.«

Was für ein Wettkampf?, fragte sich Kate, während Herr Bloomquist vom Schlitten heruntersprang.

Schon bald bogen sie von der Straße ab, um den Rice Lake zu überqueren. Kate beugte sich vor, um Herrn Anderson zu fragen: »Wann wird die Molkerei neue Schecks ausstellen?«

Seine Hände an den Zügeln, drehte Herr Anderson sich ein wenig um. »Ich weiß es nicht«, erklärte er.

»Sie *wissen* es nicht?«, platzte Anders heraus.

Herr Anderson fühlte sich nicht angegriffen. »Ich kann keine neuen Schecks ausstellen, solange ich nicht weiß, in welcher Höhe ich sie ausstellen muss.«

»Herr Bloomquist hat doch eine Liste davon.« Eriks Stimme klang verblüfft. »Er schreibt doch auf, wie viel Milch jeder Farmer mitbringt.«

»Das stimmt«, bestätigte Herr Anderson. »Er schreibt die Daten auf ein Arbeitsblatt für den entsprechenden Tag und dann in das Hauptbuch.«

»Heißt das –« Erik sprach nicht weiter, so furchtbar war der Gedanke.

Aber Anders sprach es aus. »Heißt das, der Dieb hat auch das Hauptbuch gestohlen?«

Der lange Bart von Herrn Anderson zitterte im Wind. »Wir wissen nicht, wo es geblieben ist.«

Selbst in dem schwachen Licht konnte Kate sein Gesicht erkennen. Der gute Mann litt mit den Farmern.

»Woran können wir Ihr Hauptbuch erkennen?«, fragte sie nach einer Weile.

»Es ist ein graues Buch mit grünen Ecken. Ungefähr zwanzig mal dreißig Zentimeter und fünf Zentimeter dick.«

Als die Pferde den Hügel zur Nordstrom-Farm hinaufliefen, sprach Herr Anderson weiter. »Etwas muss ich euch jungen Leuten sagen. Nachdem ich euch heute Nacht erlebt habe, weiß ich: Ihr werdet weiter nach den Schecks suchen.«

»Und nach dem Kassenbuch«, ergänzte Anders.

»Eins müsst ihr mir bitte versprechen.« In der

kalten Nacht klang Herrn Andersons Stimme tief und kräftig. »Versucht nicht, den Dieb auf eigene Faust zu fangen. Kommt zu mir, wenn ihr etwas Ungewöhnliches beobachtet.«

Er blickte Anders geradewegs an. »Versprichst du mir das?«

»Ich verspreche es«, erklärte Anders ernst, mit leiser Stimme.

Herr Anderson wandte sich nun Erik und dann Kate zu. »Ich verspreche es«, erklärten beide.

Herr Anderson seufzte. »Ich wünschte, ihr wärt in die ganze Angelegenheit nicht verwickelt. Ganz gleich, was ihr tut: Passt gut auf euch auf! Der Dieb weiß, wer ihr seid. Er wird euch beobachten.«

Der Brief aus Schweden

Als Herr Anderson auf den Hof fuhr, sah Kate, dass Mama aus dem Fenster schaute. Kate und Anders kletterten vom Schlitten und luden die Angelleinen, die Skier und natürlich den großen Fisch ab. Lars stolperte ins Haus.

»Wir sehen uns morgen«, rief Erik, als Herr Anderson zur Lundgren-Farm weiterfuhr. »Lasst uns überlegen, was wir tun können.«

Kate und ihre Brüder betraten die Küche. Kate bemerkte sofort die Sorge in Mamas Gesicht.

»Wo seid ihr gewesen?«, fragte Mama. Eine goldfarbene Locke fiel ihr in die Stirn. Dann sah sie Lars und vergaß alles andere. »Komm her«, forderte sie ihn freundlich auf. »Komm dicht an den Ofen.«

Der Neunjährige zitterte jetzt so sehr, dass er nicht einmal seinen Mantel aufknöpfen konnte. Als Lars sich von Mama dabei helfen ließ, konnte Kate sich denken, wie scheußlich er sich fühlte.

»Zeig ihr meinen Fisch, Kate!«, brachte Lars mit klappernden Zähnen hervor.

Kate hielt den Hecht hoch und freute sich für ihren Bruder.

»Das ist der beste Fang der Saison!«, erklärte Mama und bewunderte den großen Fisch. Aber Lars' Lippen waren blau.

Mama schüttelte den Kopf, als würde sie sich die Worte verkneifen, die sie am liebsten gesagt hätte. War ein Fisch es wert, dass Lars krank wurde?

Anders holte eine Waage heraus. »Genau sieben Pfund!«, teilte er seinem Bruder mit, dann maß er den Hecht. »Siebzig Zentimeter lang!«

In der kalten Nachtluft war der Hecht gefroren. Anders breitete Zeitungspapier auf dem Tisch aus und ließ den Fisch so weit auftauen, dass er ihn ausnehmen konnte.

Unter den vielen Sommersprossen schien Lars' Haut schneeweiß zu sein. Obwohl Mama ihm die Stiefel auszog und ihn in warme Decken wickelte, hörte er nicht auf zu zittern.

Ist es meine Schuld? Kate fühlte sich unwohl. Sie waren wesentlich länger fortgeblieben als erwartet. *Wir hätten Lars in der Molkerei zurücklassen sollen.*

»Habt ihr etwas gegessen?«, wollte Mama wissen.

»Ja, bei Herrn Anderson«, berichtete Kate. Mama war überrascht. Doch statt Fragen zu stellen, machte ihre Mutter heiße Milch.

Selbst nachdem Lars die heiße Milch getrunken hatte, hörte er nicht auf zu zittern.

»Ich möchte, dass du heute hier unten schläfst«, erklärte Mama. »Wir stellen das Bett so nah wie möglich an den Holzofen im Esszimmer. Dort wirst du es wärmer haben.«

Erst nachdem Lars versorgt war, setzte Mama sich hin. Sie war für eine Frau recht groß und normalerweise schlank. Doch jetzt wölbte sich ihr Bauch groß und rund unter der Schürze. »Erzählt mir, was geschehen ist.«

Da Anders den Fisch säuberte, erzählte Kate die Geschichte.

»Dieser Herr Grimm«, fragte Mama, »wer ist das?«

»Du meinst Herrn Grummel«, unterbrach Anders.

Aber Mama verbesserte ihn. »Du solltest ihn nicht so nennen. Irgendwann rutscht es dir heraus und du sagst es ihm ins Gesicht.«

Mamas blaue Augen hatten sich vor Sorge verfinstert. »Die ganze Sache gefällt mir nicht. Wer auch immer der Dieb ist, er ist ein gefährlicher Mann. Ihr dürft euch nicht mit ihm anlegen.«

Kate schaute über den Tisch zu Anders. Wie sollten sie die Schecks finden, wenn Mama nicht wollte, dass sie danach suchten? Wie konnten sie der Sache nachgehen, wenn Mama es verbot?

Anders schien Kates Gedanken zu lesen. »Wir wollen uns nicht mit ihm anlegen, Mama. Herr Anderson fährt morgen nach Grantsburg und spricht mit dem Sheriff. Sie nehmen die Sache in die Hand. Wir wollen nur nach der Milchkanne suchen.«

»Ich will nicht, dass auch nur einer von euch danach sucht.« Mamas Stimme hörte sich an, als stünde ihr Entschluss fest. »Anders, du passt auf Kate auf.«

Anders verzog keine Miene. »Natürlich, Mama. Ich passe auf meine kleine Schwester auf. Sie tut immer, was ich sage.«

Kate lachte in sich hinein.

Mama schob ihren Stuhl zurück. »Papa wüsste, was zu tun ist. Ich wünschte, er wäre hier.«

»Ich auch, Mama«, gestand Anders mit gedämpfter Stimme.

Kate war überrascht. Seit Papa ins Holzfällercamp zurückgekehrt war, sah Mama oft traurig und einsam aus. Trotzdem gab sie selten zu, wie sehr sie Papa vermisste.

Mama stand mühsam auf und nahm die Schürze ab. Das Kleid, das sie eigentlich bis zur Geburt des Babys tragen wollte, spannte schon an den Nähten. Wie sollte sie dieses Kleid noch ein oder zwei Monate länger tragen?

Doch wie konnten sie ohne den Scheck von der Molkerei denn Stoff kaufen? Wenn Anders sein Geld bekam, würde es nicht lange reichen. Und wann Papa zurückkommen und seinen Verdienst mitbringen würde, wussten sie auch nicht.

Kate nahm den großen Waschkessel aus Kupfer und setzte ihn auf den Herd. Sie füllte draußen an der Pumpe mehrfach einen Wassereimer und ging hin und her, um das Wasser in den Kessel zu füllen.

Anders stellte das Waschgestell neben den Herd, dann setzte er hölzerne Bottiche an jede Seite der Wäschemangel. Er stellte zwei Stühle dicht nebeneinander und setzte einen weiteren Bottich darauf. Danach trug auch er einen Eimer Wasser nach dem anderen herein.

Schließlich waren drei Bottiche gefüllt. Über Nacht würde das Wasser sich auf Zimmertemperatur erwärmen.

Kate nahm ein Stück Seife und schrubbte die Wäschestücke dort, wo sie schmutzig waren. Als sie fertig war, schmerzten ihre Schultern. Doch nachdem sie neben ihrer kleinen Schwester Tina müde ins Bett gefallen war, lag Kate noch lange wach und dachte über den vergangenen Tag nach.

Endlich schlief Kate ein und träumte von einer Milchkanne. Sie schaukelte in dunklem Wasser auf und ab. Kate griff danach. Die Kanne rutschte fort. Wieder griff Kate danach. Wieder glitt sie ihr aus der Hand. Sie kniete sich hin und beugte sich nach vorn. Als sie nach dem Henkel griff, verlor sie das Gleichgewicht und rutschte in den eisigen See. Mit fuchtelnden Armen wachte Kate auf.

Tina hatte alle Decken zu sich herübergezogen. Vor Kälte zitternd zerrte Kate die Decken wieder zurück und zog sie sich bis über den Kopf. Es dauerte eine ganze Weile, bis ihr wieder warm war.

Als Kate zum Frühstück hinunterging, war es draußen noch dunkel. Mama hatte im Herd bereits ein gutes Feuer entfacht. Im großen Kupferkessel kochten Betttücher und weiße Wäsche. Mit einem Holzstock nahm Kate die Wäsche heraus und gab sie in den ersten Bottich mit Wasser.

Mit flinken Händen formte Mama Brote aus Brotteig, dann bereitete sie das Frühstück zu. Schon bald zog durch die Küche der Duft von Eiern mit Schinken und Mamas braunem Brot.

Tina setzte sich gerade auf ihren Stuhl, als Anders vom Melken der Kühe hereinkam. »Kein Haferbrei für dich heute Morgen«, neckte er Kate. Da der Küchenherd den ganzen Tag brannte, würde es mittags Mamas leckere Suppe geben.

Als Lars sich schließlich zu ihnen setzte, nieste er. Kate machte sich Sorgen.

Mama schaute auf. »Lars, du hast doch nicht etwa schon wieder eine Erkältung?«

Lars nickte und nieste gleichzeitig. Schnell putzte er sich die Nase. Seine Augen tränten, während er sich vom Tisch wegdrehte.

»Du bleibst heute im Haus«, sagte Mama. »Du bist schon so oft krank gewesen, dass wir kein Risiko eingehen werden.«

Kate beendete ihr Frühstück, dann drehte sie die Laken und die Wäsche durch die Mangel. Während Kate die Hemden und die Tischdecken zum Stärken von der anderen Wäsche trennte, beobachtete sie ihre Mutter.

Obwohl noch nicht einmal die Sonne aufgegangen war, sah Mama aus, als wäre sie bereits einen ganzen Tag lang auf gewesen. Ihr hübsches Gesicht sah erschöpft aus. Es dauerte nicht lange und sie begab sich in ihr Schlafzimmer.

»Hat sie gesagt, was mit ihr los ist?«, fragte Kate Anders, der nach und nach seine Arbeitskleidung anzog.

»Sie ist wahrscheinlich müde«, antwortete er in einer Art und Weise, als versuche er, sich keine Gedanken zu machen.

Doch Kate hatte ein ungutes Gefühl. »Mama legt sich sonst nie morgens hin. Was tun wir, wenn sie krank wird?«

Einige Minuten später klingelten Schlittenglöckchen draußen vor der Küchentür. Kate zog ihren Mantel über und folgte Anders in den Hof. Barney und Beauty blieben stehen und Erik sprang vom Schlitten. Die Morgenluft war frisch und kühl, aber Eriks Lächeln wärmte Kates Herz.

»Ich habe eine Karte von allen Seen hier in der Gegend gezeichnet«, erzählte er.

»Genau das habe ich auch!«, rief Anders. »Ich habe mir überlegt: Wer auch immer der Dieb ist, er kann die Milchkanne aller Wahrscheinlichkeit nach nicht dort verstecken, wo er wohnt. Was wird er also tun? Er geht zu einem anderen See!«

»Aber hier in der Gegend gibt es jede Menge Seen«, bemerkte Kate. Obwohl sie nun schon seit zehn Monaten in Burnett County lebte, war sie manchmal immer noch verwirrt, wenn sie versuchte, alle Teiche, Seen und Flüsse voneinander zu unterscheiden.

Erik schlug den Kragen seiner Jacke hoch und drehte sich mit dem Rücken zum Wind.

»Eine Menge Leute bringen zur Zeit Eis für ihre Farmen ein. Es ist ein Leichtes, an einer solchen Stelle eine Milchkanne zu versenken.«

»Es gibt nur ein Problem«, wandte Kate ein und

wünschte sich dabei, sie müsste es Erik nicht sagen. »Mama macht sich Sorgen. Sie will nicht, dass wir nach der Milchkanne suchen.«

»Wirklich?«, stöhnte Erik. »Aber wie sollen wir den Dieb finden, wenn wir nicht nach der Kanne suchen können?«

Kate zuckte mit den Schultern. Sie hatte die ganze Nacht darüber nachgedacht und sich mehr als einmal gesagt: *Wir suchen trotzdem weiter.* Doch sie wollte Mama nicht ungehorsam sein.

»Ach, es schadet schon nichts, wenn wir uns ein bisschen umschauen«, meinte Anders, als habe er Kates Gedanken erraten.

Aber Erik schüttelte den Kopf. »Lieber nicht.« Er sprach langsam und Kate wusste, dass der Gedanke auch ihm nicht gefiel.

Er kletterte auf den Schlitten und nahm die Zügel auf. »Vielleicht ändert eure Mutter ja ihre Meinung.« Doch er glaubte es selbst kaum.

Kate ging zurück in die Küche und legte den ersten Teil der Wäsche in einen Korb. *Lars,* dachte sie, während sie den Korb nach draußen trug. Sie wünschte, sie könnte ihre Sorgen beiseiteschieben. In diesem Winter war schon einmal eine Erkältung ihres Bruders auf seine Lunge geschlagen.

Und Mama? Auch sie sah oft erschöpft aus. Kate vermutete, dass die Müdigkeit ihrer Mutter nicht nur durch die Schwangerschaft kam. Papa war weit fort und Mama wünschte sich, er wäre zu Hause in Sicherheit.

Kate beeilte sich, die Wäsche auszuschlagen, um sie glatt zu bekommen. Doch die Betttücher gefroren, bevor Kate sie auf die Leine hängen konnte.

Während ihre Hände sich röteten und steif wurden, wanderten ihre Gedanken weiter. *Die Milchkanne. Wo sie jetzt wohl ist? Und wo würde ein Dieb das Kassenbuch verstecken?*

Zur Mittagszeit stellte Kate einen Wäscheständer auf und hängte Wollsocken vor den Herd. Draußen im kalten Wind hatte sie gefroren, jetzt war ihr heiß und sie fühlte sich müde. Sie musste aber noch mit dem warmen Seifenwasser den Küchenfußboden und den Fußboden des Seitengebäudes putzen.

Als Kate mit dem Schrubben fertig war, neigte sich die Sonne im Westen. Sie dachte an die Post. Anders und Erik würden über den Rice Lake fahren und nicht am Briefkasten vorbeikommen.

Kate zog ihre warmen Sachen an und machte sich auf den langen Weg zur Hauptstraße und zum Briefkasten. Zu ihrer Freude fand sie zwei Briefe vor – einen von Papa und einen weiteren aus Schweden. *Jetzt wird es Mama besser gehen*, dachte Kate und beeilte sich auf dem Weg nach Hause.

Mamas Augen leuchteten, während sie sich eine Tasse Kaffee eingoss. Sie zog ihren Lieblingsstuhl dicht ans Küchenfenster und setzte sich, um die Neuigkeiten zu genießen.

Normalerweise las Mama ihnen Papas Briefe vor, doch dieser Brief war nur für ihre Augen bestimmt. »Es geht ihm gut«, sagte sie und ihre Lippen formten sich zu einem Lächeln. Sie faltete den Brief zusammen und steckte ihn in ihre Schürzentasche. Kate wusste: Ihre Mutter würde ihn oft hervorholen, um Papas Worte noch einmal zu lesen.

Immer noch mit einem warmen Leuchten in den Augen öffnete Mama den Brief aus Schweden. Während sie ihn las, wich die Farbe aus ihrem Gesicht. Als sie ihn zu Ende gelesen hatte, ließ sie ihn in den Schoß fallen, als wünschte sie, ihn nicht wieder berühren zu müssen.

»Hol bitte das Foto«, forderte Mama Kate auf.

Kate spürte Angst. Sie musste nicht fragen, welches Foto Mama meinte. Sie ging schnell ins Esszimmer zu der Truhe, die Mama aus Schweden mitgebracht hatte. Auf dem Deckel stand das Bild, das Kate so gut kannte.

In der Mitte des Fotos saßen Mamas Eltern, umgeben von ihren fünf Schwestern und den zwei Brüdern. Die jüngste Schwester hielt ein gerahmtes Foto von Mama in der Hand.

»So konnte ich immer noch Teil der Familie sein«, hatte Mama oft erklärt. Kurz nachdem sie nach Amerika gekommen war, hatte sie das Foto machen lassen und ihrer Familie geschickt.

Jetzt zeigte Mama wie jedes Mal auf jede Person auf dem Foto. Als sie zu ihrem jüngsten Bruder kam, machte sie eine Pause. »Mein kleiner Bruder, Ben. Er war erst zwei Jahre alt, als ich Schweden verließ. Ein pummeliger kleiner Kerl mit Pausbacken und fröhlichen Augen.«

Mama atmete tief ein und drehte das Foto um, als könnte sie den Anblick nicht ertragen. Ohne ein weiteres Wort zu sagen, bedeckte Mama ihr Gesicht mit den Händen. Lautlose Schluchzer schüttelten ihre Schultern.

»Mama, was ist passiert?«, fragte Kate.

Kate hatte ihre Mutter seit dem Tod von Vati O'Connell nicht mehr so bestürzt erlebt. Ihr Kummer schien sogar noch schlimmer zu sein, denn Mama weinte selten in Gegenwart anderer.

Kate kniete sich neben den Schaukelstuhl und nahm Mama in die Arme. »Mama?«

Da ihre Mutter nicht antwortete, versuchte Kate es noch einmal. »Mama?«

Immer noch kam keine Antwort und Kate schluckte den Kloß in ihrem Hals herunter. »Ist jemand gestorben?«

Mama schüttelte den Kopf. »Oh, nein!«, sagte sie schließlich. »Aber es ist etwas Schreckliches passiert.«

Der Unfall!

Wieder begann Mama zu schluchzen.

»Mama, was ist denn so schlimm?« Kate war verzweifelt. Dann hörte sie ein Geräusch am Türeingang.

Tina stand dort mit großen angsterfüllten Augen. Hinter ihr stand Lars. Mama bemerkte keinen von ihnen.

»Papa?«, fragte Lars mit heiserer Stimme. »Ist Papa etwas passiert?«

Seine Frage schien Mama wahrzunehmen. »Nein, Lars. Papa geht es gut.« Mamas Stimme hörte sich unsicher an. »Aber meinem kleinen Bruder geht es nicht gut.«

Mama zog ein Taschentuch hervor und wischte sich die Augen. »Mein kleiner Bruder, Ben«, seufzte sie. »Er hat einem Ladenbesitzer Geld gestohlen und ist fortgelaufen.«

Zitternd putzte sie sich die Nase. »Ben ist vor sechs Monaten fortgelaufen. So eine lange Zeit schon, und ich habe nichts davon gewusst.«

»Wie alt ist er jetzt?«, fragte Kate.

Mama musste überlegen. »Als ich Schweden verließ, war er zwei Jahre alt.« Sie zählte die Jahre. »Er ist jetzt achtzehn. Im Frühling wird er neunzehn.«

Eine lange Zeit saß Mama in ihrem Schaukelstuhl und schaute aus dem Fenster. Fern am Horizont färbte der Himmel im Westen sich golden und rot, dann grau und schwarz. Ein Holzscheit verrutschte im Ofen. Kälte machte sich im Raum breit.

Kate legte neues Holz auf das Feuer, aber Mama blieb immer noch in ihrem Stuhl sitzen. Sie starrte in die Dunkelheit, als würde sie in der Ferne etwas Bestimmtes sehen.

Als Anders vom Eiseinbringen zurückkam, schaute er zuerst Mama an, dann Kate. »Was ist los?«, fragte er.

Kate antwortete für Mama. »Ihr jüngster Bruder hat einen Ladenbesitzer bestohlen und ist fortgelaufen. Keiner weiß, wo er ist.«

Mama machte einen tiefen Atemzug. Ihre Augen und ihre Nase waren rot vom Weinen.

Kate tat es weh, Mama so traurig zu sehen. Sie schaute Anders an, als wollte sie sagen: *Wage es ja nicht, darüber Witze zu machen.* Sie wusste, wie gern sich ihr Bruder über etwas lustig machte. Doch Anders überraschte sie. Er ging zu Mama hinüber und legte ihr seine große Hand auf die Schulter. »Es tut mir leid«, sagte er mit sanfter Stimme.

Mama versuchte zu lächeln. Kate wusste: Diese einfachen Worte hatten ihr gutgetan.

Nach dem Abendbrot und den üblichen Arbeiten holte Anders ein paar Stücke alten Zaumzeugs hervor.

»Was willst du damit?«, fragte Kate.

»Ich will ein Geschirr für Lutfisk machen. Wenn ich ihn vor den Schlitten spanne, kann Tina sich von ihm ziehen lassen.«

Tina schaute von ihrer Strohpuppe auf. Sie krabbelte auf den Schoß ihres Bruders; ihr weißblondes wuscheliges Haar umrahmte ihr Gesicht. Sie sagte etwas auf Schwedisch.

Obwohl Kate die Worte nicht verstehen konnte, vermutete sie, was das kleine Mädchen sagte. Tina konnte es kaum erwarten, von dem Hund ihres Bruders mit dem Schlitten gezogen zu werden.

Ich werde Papa einen Brief schreiben, überlegte Kate. Im Esszimmer nahm sie sich einen hölzernen Federhalter mit Metallfeder und tauchte die Feder ins Tintenfass.

Lieber Papa,

begann sie. Kate starrte auf das Papier. Was sollte sie ihm schreiben? Sollte sie ihm schreiben, welche Angst ihr alle Geschehnisse machten? *Ich bin jetzt dreizehn und sollte nicht mehr so ängstlich sein.*

Einen langen Augenblick saß sie da und fragte sich, was sie tun sollte. *Ich sollte nicht mehr ängstlich sein und bin es trotzdem.* Dann entschloss sie sich zu schreiben:

Gestern sind wir angeln gegangen und Lars hat einen Hecht gefangen, der sieben Pfund wiegt. Anders hat ihn gemessen und er war siebzig Zentimeter lang! Den größten Teil davon haben wir heute zum Abendbrot gegessen, er war sehr lecker. Mama meinte, er habe fast genauso gut geschmeckt wie Dörrfisch.

Ich weiß, es ist notwendig, dass du von zu Hause fort

bist, aber ich vermisse dich. Heute Morgen, als es noch dunkel war, ist Tina aufgestanden und in die Küche geschlichen. Sie meinte, wenn sie Plätzchen für dich backt, kommst du früher nach Hause. Als Mama sie fand, hatte Tina auf dem ganzen Boden Mehl verstreut. Und sie hatte wenigstens eine halbe Tasse Zucker genascht.

Es geht uns gut. Wir hoffen, dir auch.

Wir hoffen, dir auch? Diese Worte klangen sogar für Kate zu steif. Viel zu oft dachte sie an Vati O'Connell und daran, wie er bei einem Bauunfall ums Leben gekommen war. Häufig musste sie die Angst beiseiteschieben, dass auch ihrem neuen Vater etwas zustoßen könnte.

Noch einmal tauchte Kate die Feder in die Tinte.

Ich liebe dich, Papa.
Deine Tochter Kate

PS: Ich bin glücklich, dass du Mama geheiratet hast.

Sie wischte die Tinte ab und faltete die Seite schnell zusammen. Morgen würde sie den Brief nach Trade Lake bringen. Und sie würde nach Stoff für Mama schauen – nur schauen.

Am nächsten Morgen stand Anders früher auf als gewöhnlich. Als er kurz pfiff, kam Lutfisk sofort angelaufen. Lutfisk, ein Hund mit hellbraunem und weißem Fell sowie schwarzen Flecken an den Ohren und am Schwanz, bekam seinen Namen während seines ersten Weihnachtsfests bei Familie Nordstrom. Als er in den eingelegten Dörrfisch geriet, fraß er diesen vollständig auf, bevor Anders ihn einfangen konnte.

Nun legte Anders Lutfisk das Zaumzeug an und spannte ihn vor den Schlitten, mit dem das Holz transportiert wurde.

Ein Riemen des Zaumzeugs spannte sich über den Brustkorb des Hundes. Zwei weitere Riemen liefen über seinen Rücken. Zu Beginn ging Anders neben Lutfisk her und führte ihn, bis er sich an das Gefühl des Schlittens gewöhnt hatte. Dann rief Anders »Ho!« oder »Hü!« Schon bald lernte Lutfisk nach rechts oder links abzubiegen.

»Wenn du die gleichen Kommandos benutzt, kannst du mir helfen, ihn abzurichten«, schlug Anders Kate vor, als er zur Arbeit aufbrach. »Ich bin zu schwer für Lutfisk, du bist leicht genug, dass er dich ziehen könnte. In ein paar Tagen kannst du damit beginnen, etwas von deinem Gewicht auf den Schlitten zu laden.«

Sobald die Sonne anfing, die eiskalte Luft aufzuwärmen, schnallte Kate ihre Skier unter und brach nach Trade Lake auf. Lutfisk trottete neben ihr her, zog den Schlitten und lernte Kates Kommandos.

Auf der anderen Seite des Rice Lake nahm sie ihm das Zaumzeug ab und ließ den Schlitten neben einem Baum zurück. Sie wollte den Hund nicht ermüden, dadurch dass sie ihm zu viel auf einmal abverlangte.

Sie fuhr weiter und Lutfisk folgte ihr bis nach Trade Lake. Vor Gustafsons Laden stellte Kate ihre Skier in einen Schneehaufen. Sie lief die Treppe zur Eingangstür hinauf und stieß fast mit einem Mann in einer rot-schwarz karierten Jacke zusammen. Da sie einen schwarzen Bart und keinen sandfarbenen sah, wusste Kate, wer vor ihr stand.

Schnell trat Kate zur Seite. »Guten Morgen, Herr Grimm«, grüßte sie.

Der Mann schien von der Begrüßung überrascht zu sein, dann lächelte er freundlich. Seine Augen jedoch blickten so kalt und dunkel wie das eisige Wasser, das ihn bei seiner Arbeit umgab.

»Guten Morgen«, erwiderte er. »Du bist eine Schwester von Anders Nordstrom, richtig?«

»Katherine O'Connell«, sagte sie, dachte dann aber an die Beschreibung ihres Bruders: »Grummel, grummel, den ganzen Tag.«

Als Herr Grimm weiterging, fragte sich Kate, ob er jemals lachte. Er schien genauso unglücklich zu sein wie sein Name. Auf der obersten Stufe angekommen, drehte Kate sich um, damit sie sehen konnte, was er tat.

Im selben Augenblick schaute der Mann ebenfalls zurück. Als sich ihre Blicke trafen, drehte er sich schnell wieder um und machte sich eilig auf den Weg.

Kate versuchte ihr ungutes Gefühl fortzuschieben. Sie öffnete die Tür zu Gustafsons Laden und ging zu den Regalen, in denen die Stoffe lagen.

Als die Verkäuferin Kate die verschiedenen Stoffe

zeigte, fand sie nur einen, der für Mama genau der richtige wäre. Kate nahm den schönen blauen Stoff in die Hand. »Es ist nicht mehr viel davon da.«

»Soll er für dich sein?«, fragte die Frau.

»Für meine Mutter«, erklärte ihr Kate. »Sie erwartet ein Baby.«

»Und sie braucht ein neues Kleid.« Die Verkäuferin lächelte. »Dafür reicht es noch. Zwar knapp, aber es reicht. Soll ich ihn dir einpacken?«

Wie gern hätte Kate den Stoff gekauft und Mama mit nach Hause gebracht. Doch sie hatte gerade genug Geld, um Papas Brief zur Post zu geben.

»Es tut mir leid«, erwiderte Kate und spürte, wie sie rot wurde. »Aber ich muss noch warten.«

Kate drehte sich um und stieß mit einem rothaarigen Mädchen zusammen. »Maybelle!«, rief sie.

»Guten Morgen, Katherine.« Das andere Mädchen sprach wie eine Erwachsene. Ihre Stimme triefte zuckersüß.

»Guten Morgen, Maybelle.« Kate antwortete im gleichen süßlichen Ton, doch ihr Herz klopfte. Sie hatten seit Kates Geburtstag noch kein Wort miteinander gesprochen.

Wenn Maybelle sich an alles erinnerte, was an jenem Nachmittag geschehen war, dann ließ sie es sich nicht anmerken. Sie war schlank, von mittlerer Größe und hatte braune Augen und rotes Haar.

Nicht rot, rostrot, sagte Kate zu sich selbst und erinnerte sich daran, wie Mama sie verbessert hatte. Kate hatte noch nie so schönes Haar gesehen.

Maybelle trug heute nicht wie gewöhnlich zwei Zöpfe, sondern Locken. Als sie auf die Theke zuging, fiel ihr Blick auf den abgewickelten blauen Stoff.

Kate blieb im Gang stehen und ihr wurde ganz übel. Während sie beobachtete, was geschehen würde, drehte Maybelle sich zu ihr um.

»Meine Mutter hat mir gesagt, ich solle Stoff für ein neues Kleid kaufen«, erzählte Maybelle. »Glaubst du, diese Farbe würde gut zu meinem Haar passen?«

Nein!, hätte Kate am liebsten geschrien, obwohl sie wusste, dass der Stoff ihr wunderbar stehen würde. Warum fragte Maybelle? Kate glaubte nicht, dass Maybelle sich mit ihr anfreunden wollte.

Maybelle nahm den blauen Stoff und hielt ihn vor sich bis zum Kinn hoch. »Wie sieht er aus?«, wollte sie wissen.

Kate kämpfte mit sich. Wenn Maybelle den Stoff nicht kaufte, könnte sie ihn vielleicht später für Mama bekommen.

»Ich weiß, mit meiner reinen, klaren Haut kann ich fast alles tragen«, meinte Maybelle. »Schöne Augen habe ich außerdem. Aber was meinst du?«

Kate atmete einmal tief durch. Mama hatte ihr oft gesagt, dass sie nicht lügen sollte. Aber was, wenn Maybelle den Stoff kaufte?

»Es sieht sehr schön aus«, würgte Kate schließlich mit krächzender Stimme hervor und hasste sich dafür, dass sie die Wahrheit sagte. Ohne eine Antwort abzuwarten, ging sie eilig weiter. Sie hätte es nicht ertragen können, zu sehen, dass Maybelle den schönen Stoff kaufte.

In dem Teil des Ladens, der als Poststelle diente, bemerkte Kate Herrn Fenton, der von dem Postmeister seine Post erhielt. Herr Fenton entfernte sich vom Schalter und riss einen Umschlag auf. Während er den Brief las, sah er zuerst schockiert aus, dann ärgerlich.

Plötzlich schaute er hoch. Sobald er Kate sah, lächelte er. Sein Gesicht wurde plötzlich so freundlich, als würde sich eine Maske darüber legen.

»Ich habe gerade ein paar gute Nachrichten von zu Hause bekommen«, erklärte er. Dann stopfte er den Brief in den Umschlag und ging zur Tür.

Kate gab den Brief an Papa beim Postmeister ab, dann folgte sie Herrn Fenton nach draußen. Als der Mann die Treppe hinuntereilte, bellte Lutfisk.

Herr Fenton ignorierte den Hund und ging zur Molkerei hinüber. Lutfisk bellte jedoch weiter und lief ihm hinterher.

»Lutfisk!«, rief Kate. »Komm her!«

Der Hund blieb stehen, fletschte jedoch seine Zähne und knurrte.

»Sei ruhig!«, befahl Kate, und Lutfisk gehorchte, jedoch nicht, bevor Herr Fenton durch die Tür der Molkerei verschwand.

Kurz darauf bog ein Pferdegespann mit Schlitten in die Straße ein. Ein schlanker Junge mit lockigem, blondem Haar ging neben dem Schlitten her und hielt die Zügel.

»Hallo Kate!«, rief er, und sie winkte ihm zu.

Kate war Stretch zum ersten Mal in der Schule am Spirit Lake begegnet. Er war noch größer als Anders, und er war älter als die anderen Schüler. Stretch arbeitete für Herrn Swenson, den Vater von Kates Freundin Josie.

Als die Pferde auf den Weg hinter der Molkerei einbogen, rief Stretch: »Warte, bis ich das hier abgeladen habe, dann kann ich mit dir reden.«

Stretch brachte die Pferde vor dem Kühlhaus zum Stehen und Kate schaute ihm zu. Durch die offenen Türen sah sie Eisblöcke, die zu einem großen Stapel aufgetürmt waren. An den äußeren Rändern waren sie mit Sägemehl bestreut. Herr Grimm stand oben auf dem Eis und wartete darauf, dass der große Junge sein Eis ablud.

Stretch legte eine hölzerne Rampe mit einem Ende auf den Schlitten, mit dem anderen Ende auf die obere Lage des Eises. Herr Grimm ließ eine große Zange die Rampe hinuntergleiten. An einem Griff der Zange war ein langes Seil befestigt, das durch die Schlinge des anderen Griffs gezogen war.

Nachdem Stretch die Zange um einen großen Eisblock gelegt hatte, zog Herr Grimm das Seil fest. Die Zange griff zu. Hand über Hand zog Herr Grimm das Seil nach oben. Die Zange glitt mit dem Eis die Rampe hinauf.

Das Entladen ging schnell. Jedes Mal, wenn ein Eisblock die Rampe hinaufrutschte, schob Stretch bereits den nächsten Block in die richtige Position.

Dann wartete er darauf, dass die Zange zu ihm zurückkam.

Der Schlitten war fast leer, als ein großes Stück Eis von dem Block, der sich oben auf der Rampe befand, absplitterte. Die Zange löste sich und das Eis brach ab. Während der Block die Rampe hinunterrutschte, wurde er immer schneller.

Im nächsten Augenblick krachte er gegen Stretch und quetschte seine Hand gegen einen anderen Eisblock. Stretch schrie auf vor Schmerzen.

»Hilfe!«, rief Kate und rannte vorwärts. Sie kletterte auf den Schlitten und stemmte sich gegen den Eisblock. Aber sie konnte ihn nicht fortschieben.

Zwei Versprechen

Hilfe!«, rief Kate noch einmal.

Sie trat kurz zurück. Dann stemmte sie sich erneut mit aller Kraft gegen das Eis. Doch wie sehr sie sich auch anstrengte: Der große Eisblock bewegte sich nicht von der Stelle.

Stretch stöhnte. Schweißperlen bildeten sich auf seiner Stirn.

Dann hörte Kate hinter sich eine Stimme. »Geh aus dem Weg.«

Herr Grimm sprang auf den Schlitten und legte die Zange fest um den Eisblock. Vorsichtig zog er ihn zur Seite und befreite Stretchs Hand.

Der große Junge sank gegen den Schlitten. Er steckte die verletzte Hand in seine andere und biss sich vor Schmerzen auf die Lippen.

»Du musst sofort zu einem Arzt«, erklärte Herr Grimm.

»Ich hole den Molkereileiter.« Kate lief schnell los. Kurz darauf kam sie mit Herrn Bloomquist zurück.

Herr Bloomquist wickelte ein sauberes Tuch locker um Stretchs Hand. Herr Grimm warf Stroh auf den Schlitten, um Stretch ein weiches Lager zu bereiten, dann deckte er ihn mit schweren Pferdedecken zu.

»Ich fahre ihn«, erklärte Herr Bloomquist. »Es ist manchmal schwer, den Arzt zu finden. Wenn mich jemand braucht, sag ihm, er soll warten.«

Herr Bloomquist ergriff die Zügel und mit einem »Vorwärts!« trieb er die Pferde an. Das Gespann bog um die Ecke der Molkerei und verschwand.

Im selben Augenblick erspähte Kate Herrn Fenton vor der Molkerei. Mit einem Schulterzucken wandte er sich ab.

Kate zitterte. Ihre Knie wurden weich und sie setzte sich auf die Plattform vor dem Kühlhaus. Einen Augenblick lang war sie wütend. War Herrn Fenton die Sache mit Stretch gleichgültig? Er schien sich mehr Sorgen um seinen Brief als über den Unfall zu machen.

Im nächsten Augenblick, als Kate daran dachte, wie Stretch ausgesehen hatte, war ihr zum Heulen zumute. Einige Finger mussten gebrochen oder sogar zerquetscht sein. Abgesehen von den fürchterlichen Schmerzen, die er jetzt hatte – was sollte nun aus ihm werden? Stretch brauchte starke Hände. Josies Vater brachte ihm das Schmiedehandwerk bei.

Schließlich stand Kate auf, überquerte die Straße und schnallte ihre Skier an. Tief in Gedanken versunken, bemerkte sie Maybelle erst, als diese in einen Schlitten stieg. Aber dann sah Kate das Paket unter ihrem Arm.

Der Stoff für Mamas Kleid! Kate war übel vor Enttäuschung.

Lutfisk sprang ab und zu auf und ab, um Kates Aufmerksamkeit zu erregen. Er folgte ihr, als sie sich auf den Weg nach Hause machte. Am Rice Lake spannte sie Lutfisk wieder vor den Schlitten. Meistens gehorchte er ihren Kommandos und Kate freute sich über seine Fortschritte. Sie dachte aber auch weiter über Herrn Fenton nach.

Was stand in dem Brief, den er erhalten hatte? Bevor er seine wahren Gefühle verbarg, war er sehr aufgebracht gewesen.

Könnte ich doch nur diesen Brief lesen, dachte Kate.

Als sie schließlich die Windy Hill Farm erreichte, hatte sie einen Entschluss gefasst. Sie ging zu ihrer Mutter in die Küche.

»Mama?«, begann Kate, während sie sich hinsetzte, um Plätzchen zu essen und Milch zu trinken.

»Jo, Kate?« Mamas goldblondes Haar war hochgesteckt.

Kate war oft überrascht, wie hübsch ihre Mutter aussah. »Mama, ich habe nachgedacht.«

»Jo?«

»Ich habe über deinen jüngsten Bruder Ben nachgedacht.«

Ein Anflug von Schmerz zog über das Gesicht ihrer Mutter. »Ich habe auch nachgedacht«, sagte sie und setzte sich neben Kate.

»Wir können für Ben nichts tun«, fuhr Kate stockend fort. »Ich meine, wir können zwar für ihn beten, aber wir können nichts Wirkliches tun, was wir sehen könnten.«

Mama nickte. »Ja, er braucht unsere Gebete. Aber was willst du eigentlich sagen? Worauf willst du hinaus?«

Kate nahm einen tiefen Atemzug. Die Sache war

ihr so wichtig, dass sie Angst hatte, Mama zu fragen, da sie ein »Nein« als Antwort bekommen könnte. Doch sie musste es auf jeden Fall versuchen.

»Wir können nichts für Ben tun«, begann Kate erneut. »Aber wir können etwas tun, was die Person betrifft, die die Schecks aus der Molkerei gestohlen hat.«

»Ahhh.« Mamas Augen leuchteten verstehend auf. »Du willst mich also fragen, ob ihr euch auf die Suche machen könnt, obwohl ich bereits ›Nein‹ gesagt habe.«

»Ja, Mama.« Kates Stimme hörte sich kleinlaut an.

Mama stand auf, ging zum Herd und goss sich eine Tasse Kaffee ein. Als sie sich wieder hinsetzte, schaute sie nachdenklich. »Du meinst, es wäre so, als würde man etwas für Ben tun. Meinst du das?«

»Wir würden etwas in einer Sache tun, wie Ben sie getan hat«, antwortete Kate sanft.

Eine Weile schwieg Mama, nippte an ihrem Kaffee und starrte zum Fenster hinaus. »Du könntest recht haben, Kate«, meinte sie schließlich. »Du könntest recht haben.«

»Heißt das, Anders und ich dürfen sich umschauen?«

Mama hob beschwichtigend die Hand. »Ich muss noch darüber nachdenken.«

Kate öffnete den Mund, um etwas zu sagen, schloss ihn jedoch wieder. Sie wollte ihre Mutter nicht weiter bedrängen. Da rief Lars.

»Wo ist er?«, fragte Kate.

»Ich habe ihn in mein Schlafzimmer gelegt«, erklärte Mama. »Er beginnt zu husten.«

»O Mama!« Kate machte sich Sorgen. Was würde sein, wenn der Husten sich zu einer Lungenentzündung entwickelte? Jeder wusste, dass es keine gute Medizin dagegen gab.

»Ich werde für eine Weile auf dem Feldbett schlafen«, erklärte ihre Mutter. Das schmale Feldbett würde sehr unbequem für sie sein. Doch auf diese Weise konnte sie im Esszimmer, direkt neben dem Schlafzimmer, die Nacht verbringen und Lars in der Nacht hören.

Also macht auch Mama sich Sorgen, dachte Kate.

Kate betrat das Schlafzimmer, wo es nach Zwiebeln roch. Mama hatte heiße Zwiebeln in Stoff gewickelt und Lars auf die Brust gelegt, um den Husten herauszuziehen.

Lars lächelte, als er Kate sah. Doch sein Lächeln endete in einem Hustenanfall.

»Heute Morgen hat Erik ein Buch mitgebracht«, erzählte Kate. »Es heißt *Ruf der Wildnis.*« Bücher waren etwas ganz Besonderes und sie wurden von Familie zu Familie weitergegeben. »Erik sagt, es ist die Geschichte von einem Hund. Soll ich dir daraus vorlesen?«

Lars nickte. Kate zog einen Stuhl dicht ans Bett und schlug das Buch auf.

Buck gehörte nicht zu denen, die täglich ihre Zeitung lesen, sonst hätte er gewusst, dass Unheil im Gange war, nicht nur für ihn selbst, sondern für jeden Hund, der starke Knochen und langes, dichtes Haar hatte.

Nach einer Weile schaute Kate hoch und sah, dass Lars die Augen geschlossen hatte. Sie hörte auf zu lesen, aber Lars schlief nicht, er hörte zu.

»Kate?«, fragte er. »Wer hat das Buch geschrieben?«

»Ein neuer Autor, Jack London.«

»Ich mag diesen Buck«, erklärte Lars. »Aber er wurde so schlecht behandelt.«

Kate las weiter. Jedes Mal, wenn Lars hustete, hörte sie genau hin. Der Husten schien lose zu sein, deshalb war sie erleichtert. Vielleicht würde Lars die Krankheit diesmal schneller überstehen. Als er schließlich eingeschlafen war, huschte sie aus dem Zimmer.

Kate zog ihren Mantel über und ging nach draußen. Sie hatte die Wäsche über Nacht draußen gelassen, in der Hoffnung, dass sie trocknen würde.

Nun zog sie ihre Handschuhe aus und beeilte sich, die Laken abzunehmen. Da sie die Laken über die Leine gehängt hatte, waren sie an den Enden zusammengefroren. Als Kate versuchte, die Ecken voneinander zu lösen, rissen sie entzwei.

Kate seufzte und war bei den Tischdecken vorsichtiger. Ihre Finger waren jedoch durch die Kälte sehr ungeschickt. Obwohl sie sich die größte Mühe gab, rissen die Ecken erneut.

Kate brachte den Korb mit Wäsche in die Küche

und hängte die Laken über die Türen, damit sie nachtrocknen konnten. Dann ging sie wieder nach draußen zur Wäscheleine. Die lange, durchgehende Unterwäsche hing dort noch. Arme und Beine standen ab, wie bei Menschen, die im Wind tanzten.

Die Arme des Wäschestücks erstreckten sich über ihren Kopf und die Beine tanzten einen irischen Jig. Es war schwierig, sie festzuhalten. Da sie von Minute zu Minute müder wurde und immer mehr fror, trug sie die Unterwäsche Stück für Stück hinein. Als Kate das letzte Wäschestück hineinbrachte, schaute Anders vom Tisch auf.

Ihre müden Füße blieben an der Türschwelle hängen. Sie stolperte und griff nach dem Türpfosten. Um nichts in der Welt wollte sie vor Anders hinfallen.

Trotzdem kicherte er. »Tanzt du mit der Unterwäsche?«

Kate starrte ihn kochend vor Wut an. Anders grinste, als hoffte er, dass es zu einer Neckerei kommen würde. Doch dann sah Kate ihre Mutter.

Mama stand mit einer Rührschüssel neben dem Schrank, der Löffel, den sie in der Hand hielt, bewegte sich nicht. Seitdem sie die Sache mit Ben erfahren hatte, schien sie innerlich zerbrochen zu sein und jeden Moment dem Weinen nahe.

Ohne etwas zu erwidern, drehte Kate Anders den Rücken zu und deckte den Tisch.

Nach dem Abendessen stand Anders auf, um seine Arbeiten zu erledigen.

»Setz dich bitte«, forderte Mama ihn auf. »Kate und ich haben miteinander gesprochen.«

Anders ließ sich zurück auf seinen Stuhl fallen.

»Ich habe über das nachgedacht, was Kate mir gesagt hat«, fuhr Mama fort, »ich habe über meinen jüngsten Bruder nachgedacht.«

Mama traten Tränen in die Augen, doch sie wischte sie fort, als wäre es ihr unangenehm, ihre Gefühle zu zeigen. »Ich sehe es nicht gern, wenn das Leben eines Menschen aus der Bahn gerät.«

Ihre Lippen zitterten, während sie sich bemühte weiterzusprechen. »Ich gebe euch die Erlaubnis, nach der Milchkanne zu suchen. Wenn ihr die Schecks oder das Kassenbuch findet, helft ihr damit jedem Farmer hier in der Gegend von Trade Lake.«

»Danke, Mama«, sagte Anders.

Trotz seiner ruhigen Stimme sah man in seinen Augen die Begeisterung. Er blickte zu Kate hinüber, als wollte er fragen: »Was hast du ihr gesagt?«

»Einen Augenblick noch«, sagte Mama. »Ich bin noch nicht fertig.«

Sie räusperte sich. »Du, Kate und Erik seid gut darin, Geheimnisse zu lüften. Aber das hier ist mehr als nur ein Spiel. Jemand, der hart arbeitende Farmer bestiehlt, ist in jedem Fall ein gefährlicher Krimineller.«

Kates Magen zog sich zusammen. Mama hatte in der Tat nachgedacht.

»Eins müsst ihr mir versprechen«, redete Mama

weiter. »Ihr müsst aufeinander aufpassen. Anders, du passt auf Kate auf.«

»Das werde ich, Mama.« Anders setzte sein schiefes Lächeln auf. »Ich passe auf meine kleine Schwester auf.«

»Und ich werde gut auf meinen großen Bruder aufpassen«, versprach Kate, mit einem gefährlich süßen Unterton. »Er tut immer das, was ich ihm sage.«

Doch Mama ließ sich nicht ablenken. »Wenn ihr etwas entdeckt, müsst ihr sofort jemanden um Hilfe bitten, der Verantwortung hat – wie zum Beispiel Andrew Anderson Nummer 3.«

»Das werden wir, Mama«, versprach Anders. Diesmal klang seine Stimme ernst.

Mama schaute Kate an.

»Ich verspreche es, Mama«, erklärte sie, und sie meinte es auch so. Sie hatte keinen Zweifel daran, dass Mama sich die Sache gut überlegt hatte.

Ich habe bekommen, was ich wollte – Mamas Erlaubnis, dachte Kate. Aber dann wurde ihr klar, wie gefährlich die Bitte war, die sie ausgesprochen hatte. Einen solchen Mann der Gerechtigkeit zuzuführen, konnte mit ernsthaften Schwierigkeiten verbunden sein.

Kate spürte, dass ihr ängstlich zumute wurde.

Die geheimnisvolle Botschaft

Ich will keine Angst haben, sagte Kate zu sich selbst, wie an dem Tag, als Eriks Pferde durchgebrannt waren. Seitdem waren ihr mehr als einmal Menschen aufgefallen, die Mut zu haben schienen. Jetzt stellte sie sich die Frage: *Was heißt es eigentlich, mutig zu sein?*

Im Laufe des Abends sank die Außentemperatur immer mehr. Während Kate nach oben ging, wirbelten starke Windböen um das Haus. Die Kälte drang durch die Wände. Als sie sich ins Bett legte, erschütterte ein lautes Krachen das Zimmer.

Kate fuhr hoch. Ihre Hände ballten sich zu nervösen Fäusten, während sie angespannt lauschte. Was war das? Ein Schuss? Was war draußen los?

Tina, die neben ihr im Bett lag, schlief seelenruhig weiter. Kate zog die Decken über den Kopf und versuchte, nicht mehr zu zittern. Ihr war kalt bis ins Innerste.

Anders nennt mich »Angsthase«, dachte sie. *Doch ich werde nicht ängstlich sein.*

Im gleichen Augenblick erschütterte ein weiteres Krachen den Raum. Kate stolperte aus dem Bett. Schnell griff sie ihren Morgenmantel und rannte die Treppe hinunter. Auf Zehenspitzen tastete sie sich im Dunkeln zum Esszimmer. Dort zündete sie eine Kerze an.

Mama lag dicht neben ihr auf dem Feldbett. Als Kate die Kerze hochhielt, bewegte ihre Mutter sich im Schlaf. Kate schlich näher heran und dachte: *Mama muss wissen, was hier vor sich geht.*

Der Fußboden knarrte und ihre Mutter wurde auf der Stelle wach. »Kate?« Ihre verschlafene Stimme schien von weit her zu kommen.

»Es tut mir leid, Mama, dass ich dich geweckt habe.«

Ihre Mutter gähnte. »Stimmt etwas nicht?«

»Ein lautes Geräusch, Mama. Zwei laute Geräusche. Es hörte sich an wie Schüsse.«

»Schüsse?« Mama setzte sich plötzlich hellwach auf.

Im gleichen Augenblick ertönte das laute Krachen erneut. Kate fröstelte vor Furcht, aber ihre Mutter lachte.

»Ach das! Das ist nur das Haus. Wenn die Temperatur so schnell sinkt, kracht das Haus, weil das Holz arbeitet.«

Kate kam sich vor wie ein kleines Kind, das sich fürchtete, obwohl nichts war. »Es tut mir leid, dass ich dich geweckt habe, Mama«, sagte sie steif.

Aber ihre Mutter nahm Kates Hand. »Ich erinnere mich, als ich zum ersten Mal dieses Geräusch gehört habe. Ich wusste nicht, was da vor sich ging, und es machte mir Angst.« Sie griff zum Fußende des Betts, nahm eine Decke und gab sie Kate. »Warum ziehst du dir nicht einen Stuhl heran?«

Kate wickelte sich in die Decke und setzte sich hin. Als sie die Wärme des Holzofens spürte, wich ihre Verlegenheit.

»Gibt es noch etwas anderes, was dir Angst macht?«, fragte Mama.

Kate zögerte. *Soll ich ihr erzählen, dass ich Angst um Papa habe?* Mehr als einmal hatte sie Artikel in der Zeitung gelesen. Normalerweise begannen sie mit Worten wie: »Mann im Holzfällercamp verletzt.« Manchmal stand dort sogar: »Mann getötet.«

»Was ist los?«, fragte Mama, und Kate fasste Mut.

»Könnte ein Baum auf Papa fallen?«

»Jo«, antwortete Mama. »Wenn die Holzfäller die großen Kiefern fällen, fallen die Bäume manchmal in die falsche Richtung. Manchmal bleiben auch die Zweige eines Baums in den Zweigen eines anderen Baums hängen. Dabei bleibt ein Baum halbschief stehen. Wenn er dann zu einem unguten Zeitpunkt ganz umfällt, wird jemand verletzt.«

Kate überlief ein Schauer. »Wird Papa nichts geschehen?«

»Ich weiß es nicht«, erwiderte Mama ehrlich. »Ich hoffe es.«

Kate zog ihre Füße hoch, fort vom kalten Boden. »Mama, hast du Angst um Papa?«

»Jo«, antwortete ihre Mutter. »Manchmal habe ich große Angst. Dann frage ich mich, was er wohl gerade macht – ob er zufrieden ist, ob es ihm gut geht, ob er vielleicht verletzt ist.« Mama lächelte. »Ich habe eine lange Liste. Am meisten fürchte ich dann, dass er nicht sicher nach Hause kommt.«

Kate zog die Decke hoch und wickelte sich noch

fester ein. »Was machst du dann? Ich meine, wenn du Angst hast?«

»Ich bete«, entgegnete Mama. »Ich bete für ihn und für die anderen Männer. Und ich bitte Gott, mich an etwas zu erinnern.«

»Dich an etwas zu erinnern? Woran?« Kate musste es wissen.

»Dass, ganz gleich was geschieht, Gott immer bei uns ist.«

Eine lange Zeit saß Kate schweigend da. Es tat ihr gut, darüber reden zu können, was ihr Angst machte. »Ich will mich auch daran erinnern«, meinte sie schließlich.

Als Kate zurück ins Bett krabbelte, hörte sie ein weiteres lautes Krachen. Diesmal achtete sie nicht darauf. Ihre Fantasie hatte diese Geräusche in Gewehrschüsse verwandelt. Sie wollte nicht noch einmal darauf hereinfallen.

Ich will den Unterschied wissen, dachte Kate. *Ich will wissen, wann ich Angst haben sollte, damit ich dann vorsichtig bin – und wann ich vor etwas Angst habe, wo es gar nicht nötig ist.*

An einem Nachmittag, als Anders und Erik Zeit hatten, lag die Temperatur knapp über dem Gefrierpunkt. Die Jungen und Kate fuhren auf ihren Skiern zuerst zum Little Trade Lake, dann zum Big Trade Lake.

Die Stellen, an denen Eis geschnitten worden war, konnte man leicht erkennen. Manchmal markierten kleine Kiefernbäume die Ecken der Löcher. Manchmal warnte ein Gewirr von Zweigen die Leute vor dem dünnen Eis.

Jedes Mal, wenn Kate, Anders und Erik eine solche Stelle entdeckten, blieben sie in sicherem Abstand vom Rand des Lochs stehen. Mit einer langen Stange stocherten sie dann im Wasser herum. Sie suchten überall nach einer Milchkanne, die sich knapp unter der Oberfläche befand. Doch sie fanden nichts.

Auf ihrem Weg nach Hause fuhren sie zur Siedlung Four Corners. Dort trafen sie Herrn Peters, Kates Orgellehrer und Chorleiter ihrer Kirche.

»Gut, dass ich dich sehe«, begrüßte er Kate. »Ich muss dir etwas zeigen.«

Während sie ihm in die Kirche folgten, erzählte er ihnen mehr. »Ich möchte beginnen, ein Streichorchester aufzubauen.«

»Ein Orchester, das in der Kirche spielt?«, wollte Kate wissen.

»Natürlich«, erwiderte er. »Aber es wird mehr sein als das. Ich werde auch Leute in anderen Kirchen fragen. Wir werden zu besonderen Anlässen in der ganzen Gegend spielen.«

»Wir werden umherreisen?«, fragte Kate. Ihr gefiel die Idee.

»Wir werden umherreisen.« Für Herrn Peters schien es eine beschlossene Sache zu sein. »Würdest du gern die Orgel spielen? Du hättest bestimmt keine Probleme mit den Musikstücken. Du machst gute Fortschritte.«

Kate spürte, dass sie heiße Wangen bekam. Sie wusste: Herr Peters teilte keine Komplimente aus, wenn er nicht davon überzeugt war. Doch im selben Augenblick wich die Freude und Kate wurde traurig. Sie mochte gar nicht aussprechen, was sie zu sagen hatte. »Ich weiß nicht, ob ich noch weiter Unterrichtsstunden nehmen kann.« Kate brachte die Worte nur stockend hervor.

»Wegen der gestohlenen Schecks von der Molkerei?«, fragte Herr Peters. »Da mach dir keine Sorgen, du musst mich nicht sofort bezahlen.«

Aber Kate hatte ein zwiespältiges Gefühl. »Wenn wir mit den Zahlungen in Verzug geraten, können wir das vielleicht nicht wieder aufholen.« Orgel zu spielen war ihr größter Wunsch.

Herr Peters schob ihre Bedenken beiseite. »Lass uns einfach abwarten und sehen, was geschieht.«

Dann fiel Kate etwas anderes ein, »Wie sollen wir denn eine Orgel mitnehmen?«

»Das zeige ich dir.« Herr Peters stieg die Treppe zu einer Empore hinauf, wo die Orgel stand, auf der Kate Unterricht nahm.

Seltsam, dachte Kate, wie schon oft zuvor. *Seltsam, dass ich in die Nähe der einzigen handgepumpten Orgel in der ganzen Gegend gezogen bin.* Erik half Herrn Peters oft, indem er einen hölzernen Griff hinauf und hinunter bewegte. Mit dem Griff wurden Blasebälge aufgepumpt, die Luft in die Orgelpfeifen bliesen, damit sie Töne von sich gaben.

Jetzt ging der Organist hinüber zu einem Koffer, der auf dem Boden stand. Er nahm ihn an einem Griff hoch und hielt ihn ihnen entgegen. »Kate, das hier ist eine zusammenklappbare Orgel. Sie wiegt nur etwa sieben Kilo.«

Herr Peters setzte den Eichenkoffer ab und öffnete ihn. Zu Kates Erstaunen entfaltete sich eine vollständige Orgel mit Pedalen, Tasten und Notenhalter.

Kate kicherte. »Ich glaub es nicht!«

»Glaub es nur, glaub es!«, rief Anders. Er hatte genauso viel Freude daran wie Kate.

Kate stand vor der Orgel und probierte die Tasten aus.

»Sie funktioniert genauso wie deine Orgel zu Hause«, erklärte Herr Peters. »Wenn du die Pedale trittst, kommt Luft hinein und du kannst spielen.«

»Und die Musik ertönt!«, rief Erik aus. Er kniete sich hin und drückte die Pedale mit den Händen auf und ab. Kate begann zu spielen.

»Nun, wie ist es?«, fragte Herr Peters.

Kate war so aufgeregt, dass sie lachte. »Natürlich will ich mitmachen!«

»Gut!«, erklärte Herr Peters. »Nimm die Noten mit und fang an zu üben.«

Dann wandte er sich an Erik. »Nun, wie steht es mit dir? Du hast eine gute Stimme. Wie wäre es, wenn du ein Instrument spielst, bei dem du die Möglichkeit hast, gleichzeitig dazu zu singen?«

Erik sah enttäuscht aus. »Ich würde gern Gitarre spielen, aber ich kann es nicht.«

In diesem Augenblick wurde Kate klar, wie selten

Erik über Geld sprach. Bevor er auf die Farm in der Nähe der Windy Hill Farm gezogen war, hatte sein Vater durch einen Betrug sein Land verloren. Als Folge davon war es für Eriks Familie sehr schwer, genug Geld zum Lebensunterhalt zu verdienen.

»Ich sage dir etwas«, meinte Herr Peters. »Ich habe eine Gitarre, mit der kannst du anfangen. Ich weiß, du wirst gut auf sie achten.«

Ein Lächeln erhellte Eriks Gesicht, aber Herr Peters wartete keinen Dank ab. »Nun, Anders, und was ist mit dir?«

»Mit mir?« Anders sah verblüfft aus. Als Kate lachte, wurde er rot.

»Jo, natürlich *du*«, erwiderte der Musiker. »Welches Instrument würdest du gern spielen?«

Anders schob nervös sein blondes Haar aus den Augen. Zu Kates Erstaunen schienen ihm die Worte zu fehlen. »Ich denke darüber nach«, meinte er schließlich.

Kate blinzelte mit den Augen. Wollte Anders wirklich ein Instrument spielen? Er schien sich gar nicht für Musik zu interessieren.

»Du sagst mir Bescheid«, hielt Herr Peters fest. »Wenn wir viel üben, können wir am Nationalfeiertag und am Mittsommertag im Central Park spielen.«

Nach dem Verlassen der Kirche fuhr Kate wie auf Wolken und nicht wie auf einer schneebedeckten Straße. *Vielleicht werde ich wirklich eine große Organistin*, dachte sie. *Ich werde wie Jenny Lind sein. Ich werde*

Menschen mit meiner Musik Mut machen. Ich werde ihnen helfen, sich besser zu fühlen.

»Gut, Kate, das ist ein Anfang«, erklärte Erik und sie wusste, dass er sich für sie freute.

Anders jedoch grinste. »Siehst du meine kleine Schwester? Wie sie in Burnett County umherreist und die Orgel spielt?«

Er drehte sich zu Erik um. »Weißt du eigentlich, in wessen erlauchter Gesellschaft wir uns befinden?«

Erik lächelte und Anders fuhr fort: »Du meinst vielleicht, das ist nur meine kleine Schwester.« Mit einer eleganten Handbewegung zeigte er auf Kate. »Aber in Wirklichkeit ist dies eine junge Frau mit großer musikalischer Begabung.«

Kate wurde rot vor Ärger. »Anders, hör auf!« Irgendwie ließ er ihren Traum immer lächerlich erscheinen.

»Was?«, fragte er. »Soll ich es etwa nicht aussprechen? Eines Tages – *eines Tages,* merke es dir, werde ich im Land umherreisen, ja sogar, um die ganze Welt. Ich werde vor dir herreisen und Plakate aufhängen, um dein Kommen anzukündigen. ›Fräulein Katherine O'Connell‹, wird man sagen. ›Kommen Sie, um diese vollendete Organistin zu hören. Sie spielt, wie Jenny Lind sang.‹«

Als Erik sich ein Lachen verkniff, wurde Kate noch ärgerlicher. »Hör auf!«, forderte sie Anders auf. »Hör auf, hör auf, hör auf!«

Doch Anders dachte nicht daran aufzuhören. »Oho! Mir scheint, die Lady ist ärgerlich.« Seine

Stimme wurde ernst. »Kate, meine Liebe, du musst lernen zu schauspielern, wenn du auf die Bühne gehst.«

Kate streckte ihm die Zunge heraus. Doch im selben Moment kam sie sich schon albern vor. *Ich bin dreizehn Jahre alt! Fast erwachsen!* Als ihr Tränen in die Augen stiegen, fuhr sie davon, damit Anders und Erik nicht sahen, dass sie weinte.

Aber die Stimme ihres Bruders folgte ihr. »Ich werde jedem erzählen, dass du meine Schwester bist. Ich werde sagen: ›Ich kannte sie, als –‹«

Kate blinzelte ihre Tränen fort und drehte sich um. »Und ich werde sagen, dass ich dich nicht kenne!«

Wieder fuhr sie davon und hatte einen Vorsprung, als sie zur Brücke über den Trade River kamen. Trotz seiner längeren Beine fuhr Anders langsamer, immer noch vorsichtig, um seinen Knöchel zu schonen.

Erik rief ihr nach: »Lass uns an der Molkerei halten und fragen, wie es Stretch geht.«

Sie trafen Josie Swensons Vater, der mit dem Molkereileiter sprach. Herr Swenson sah aufgebracht aus, und Kate erinnerte sich, wie sehr er sich bemühte, Stretch zu helfen.

»Doktor Nelson sagt, es sieht nicht gut aus«, erzählte Herr Swenson ihnen. »Zwei Finger sind stark gequetscht. Der Doktor sagte, ich solle Stretch nach Minneapolis bringen. Wir fahren morgen hin und werden sehen, was ein anderer Arzt dort tun kann.«

Herr Swenson schüttelte den Kopf. »Stretch

braucht diese Hand, wenn er Schmied werden will. Er kann sonst den Vorschlaghammer nicht richtig greifen.«

Als wäre es gestern gewesen, fiel Kate ein, dass Stretch ihr mal von seinem Traum erzählt hatte. Er wollte sein Leben in Ordnung bringen und Schmied werden. Er hatte sogar gesagt: »Ich würde gern eines Tages eine eigene Schmiede aufmachen. Vielleicht in Grantsburg.« Würde Stretch seinen Traum aufgeben müssen, nur wegen eines Eisblocks?

Kate schaute auf ihre eigenen Finger. Sie wusste, wie sehr sie ihre Finger brauchte, um Orgel spielen zu können.

»Mathilda fährt mit uns«, erklärte Herr Swenson. Mathilda war seine Frau. »Wir werden alle Kinder mitnehmen, außer Josie. Sie wird sich um das Vieh kümmern.«

Er blickte zu Kate. »Möchtest du ihr beim Melken helfen und ihr über Nacht Gesellschaft leisten?«

Kate lächelte. »Das würde ich gern. Sagen Sie Josie, ich komme morgen Nachmittag, bevor es dunkel wird.«

Nachdem Herr Swenson gegangen war, fragte Anders Herrn Bloomquist: »Hat sich etwas Neues ergeben?«

Herr Bloomquist schüttelte den Kopf. »Nicht, was das gestohlene Geld betrifft.« Doch Kate hatte das Gefühl, dass er nicht alles sagte.

In dieser Nacht sprang Kate zweimal aus dem Bett,

weil sie glaubte, draußen ein Geräusch gehört zu haben. Jedes Mal sah sie einen Schlitten, der am Haus vorbeifuhr, wobei dieser die Abkürzung durch die Wälder zum Spirit Lake benutzte.

Gegen Morgen entschied Kate, was sie wegen eines Kleides für Mama unternehmen wollte. Als sie schließlich aufwachte, war es Tag. Tina war schon aus dem Bett geschlüpft und nach unten gegangen, um sich beim Ofen anzuziehen. Als Kate sich die Decken vom Kopf zog, konnte sie in der eisigen Luft ihren Atem sehen. Durch die Fenster und die Außenwände drang ein Luftzug. Es dauerte nicht lange und Kates Nase fühlte sich eisig an.

Mit einem Satz sprang sie aus dem Bett und zog sich schnell an. Ihre Finger waren ungeschickt durch die Kälte. In ihrem warmen Kleid, dem Wollpullover und den Wollsocken eilte sie zum Fenster. Sie schaute in die Ferne, über den wunderschön glitzernden weißen Schnee.

Dann blickte Kate nach unten. In der Schneewehe, auf der anderen Seite des Wegs, schienen Buchstaben zu sein – große Buchstaben, die Worte ergaben.

Kates Herz schlug heftig, als sie die Warnung entzifferte:

HÖRT AUF ZU SCHNÜFFELN

Verschwunde Spuren

Hört auf zu schnüffeln?

Trotz der Kälte im Zimmer blieb Kate am Fenster stehen und schaute hinunter. Tatsächlich, in der Schneewehe, auf der anderen Seite des Wegs, waren Buchstaben. Sie bildete es sich nicht nur ein, dass dort Worte standen.

Schlimmer noch: Kate wurde klar, was diese Botschaft bedeutete. *Irgendjemand war in der vergangenen Nacht hier, und zwar direkt vor unserem Haus.*

Sie begann zu zittern, ob vor Kälte oder aus Furcht, wusste sie selbst nicht. Eines jedoch wusste sie: Mama sollte diese Botschaft nicht zu sehen bekommen. Nicht jetzt, wo Papa fort war und Mama das Baby erwartete.

Kate rannte zur Schlafzimmertür und rief: »Anders!«

Da er nicht antwortete, lief sie nach unten. Wo er wohl war? In der Scheune? Dann hatte auch er die Botschaft gesehen.

Sie fand Anders in der Küche, gemütlich beim Frühstücken.

Als Anders Kate anschaute, schien er ihrem Gesicht anzusehen, dass etwas los war. Er stopfte die halbe Scheibe Brot auf einmal in den Mund und stand auf. »Begeben wir uns an die Arbeit.«

Kate zog ihren Mantel an und ging nach draußen. Anders folgte ihr. Sie steuerte auf den Weg zu, der durch die Farm führte.

»Was ist los?«, wollte Anders wissen.

»Komm mit. Ich zeig es dir.« Kate ging direkt zu der Schneewehe und blieb stehen. »Was siehst du?«

»H-Ö-R-« Hier unten musste Anders ein paar Schritte zurücktreten, um es lesen zu können. »Hört auf zu schnüffeln?«

Kate beobachtete ihn aufmerksam.

»Kate, das ist ein Spaß!«

»Ein *Spaß*?«

»Klar, irgendein Junge aus der Schule. Jemand ist gestern Nacht hier vorbeigekommen –« Anders hörte mitten im Satz auf. »Gestern Nacht. Nachdem wir uns den ganzen Tag in der Gegend umgesehen haben.« Er trat einen Schritt nach vorn und starrte auf die Buchstaben. »Ich glaube, du hast recht, Kate. Das ist kein Spaß.«

»Aber wer würde so etwas tun?«, fragte sie. »Sich mitten in der Nacht hierher schleichen, sich direkt vor unsere Fenster stellen und so etwas in den Schnee schreiben?«

»Ganz schön schlimm.« Anders sah ärgerlich aus.

Kate empfand genauso. »Zuerst hat mir das Ganze Angst gemacht. Jetzt macht es mich wütend. Was glaubt dieser Mensch, wer er ist – einfach hier in unsere Farm einzudringen und uns zu *drohen*?«

»*Er*? Wir wissen nicht, ob es ein Er ist.«

Kate seufzte. »Nein, das wissen wir nicht. Aber wenn es dieselbe Person ist, die die Milchkanne und den Stein getragen hat, dann muss es zumindest jemand sein, der stark genug ist.«

»Vermutlich hast du recht«, meinte Anders, dem dieser Gedanke gar nicht gefiel. »Es ist wahrscheinlich ein Mann.« Grinsend ließ er seine Muskeln spielen. »Oder ein großer starker Junge.«

Noch einmal lasen sie aufmerksam die Buchstaben in der Schneewehe.

»Ganz gleich, wer es war – er hat eine lange Stange benutzt«, erklärte Anders. »Er stand auf dem Weg und hat von dort aus geschrieben.«

»Mit einer langen Stange?« Kate überlegte. »Wie die Stangen, die man benutzt, um Eisblöcke herumzuschieben?«

»Könnte sein«, stimmte Anders zu, »obwohl ich denke, dass er vielleicht den Stiel einer Harke oder einer Schaufel benutzt hat.« Während er auf dem Weg stand, streckte er sich aus, um auszuprobieren, wie weit seine Hand reichen würde.

»Nein. Es muss eine Stange gewesen sein – genau wie du vermutest, eine Stange, wie sie beim Verschieben von Eisblöcken benutzt wird.«

»Das heißt also, es kann jemand sein, mit dem du zusammenarbeitest.«

»Jup«, bestätigte Anders. »Doch es muss nicht so sein. Jede Familie, die Eis einbringt, besitzt eine dieser Stangen.« Wieder starrte Kate auf die Worte. Diesmal sah sie etwas, was sie vorher nicht bemerkt hatte. »Schau mal!«, rief sie aus und zeigte darauf.

Links von der Botschaft, zwischen dem Weg, auf dem sie standen, und dem ersten Buchstaben befand sich ein Stiefelabdruck.

»Nur ein Abdruck«, stellte Anders fest.

»So, als wollte er ihn zurücklassen«, fügte Kate hinzu.

Anders untersuchte den Abdruck. »Ich glaube, du hast recht. Es sieht nicht so aus, als hätte er das Gleichgewicht verloren und sei aus Versehen dort hingetreten.«

»Es ist wie eine Unterschrift. So als wollte jemand sagen: ›Das bin ich. Nehmt euch in Acht.‹« Kate fing wieder an zu zittern.

»Ach komm, du Angsthase!«, meinte Anders, als er sah, wie sie zitterte. »Wir werden schon nicht zulassen, dass er die Beste von uns erwischt.«

Kate klapperten die Zähne, aber sie ballte die Fäuste. Um ihr Zittern zu verbergen, beugte sie sich vor, um sich den Stiefelabdruck genauer anzusehen. Plötzlich bemerkte sie noch etwas. Ihr Zittern hörte auf.

»Anders!«

»Ah, die Lady hat eine Entdeckung gemacht!«

»Bleib ernst!«, bat Kate. »Das ist der Fußabdruck, dem wir in der einen Nacht durch die Wälder gefolgt sind.«

»Jo, natürlich, du Schlaumeier.« Anders schüttelte den Kopf, und sein blondes Haar fiel ihm in die Stirn. »Das ist der Abdruck eines Überschuhs mit vier Schnallen. Jeder Mann und jeder Junge in Burnett County hat so ein Paar Stiefel.«

Kate war enttäuscht. »Und was ist mit der Größe?«

Wieder schüttelte Anders den Kopf. »Eine mittlere Größe. Nicht besonders groß und nicht besonders klein. Meine Stiefel sind in der Tat größer als dieser hier.«

Kate lächelte. »Du hast ja auch furchtbar große Füße!« Dann kam ihr ein Gedanke. »Wenigstens wissen wir, dass es nicht dein Stiefelabdruck ist. Wir sollten uns umschauen. Vielleicht finden wir noch mehr Abdrücke in dieser Größe.«

Sie begannen damit, den Weg abzusuchen, der durch die Farm führte, dann gingen sie den steilen Hügel hinauf in die Wälder.

Schon bald erkannten Kate und Anders, dass ihre Suche sinnlos war. Pferde und Schlitten, die die Abkürzung zum Spirit Lake benutzten, waren kreuz und quer über den Schnee gefahren. Es war unmöglich zu sagen, welche Richtung der Mann eingeschlagen hatte.

»Eine Sache *können* wir wenigstens machen«, erklärte Kate. »Lass uns die Buchstaben wegwischen.«

Anders ging zurück zur Schneewehe. »Ich möchte, dass Erik sie noch sieht.«

»Er kommt doch bald vorbei, um dich abzuholen. Aber wir müssen uns trotzdem überlegen, wie wir ihn erreichen können – zum Beispiel, wenn Erik einmal nicht weiß, dass wir ihn brauchen.«

Anders schnaubte. »Rede keinen Unsinn.«

»Das ist kein Unsinn. Wir müssen eine Möglichkeit finden, wie wir Nachrichten hin- und hersenden können.«

»Mit einem Spiegel können wir keine Signale geben«, überlegte Anders. »Das würde gehen, wenn nur Felder zwischen unseren Farmen lägen. Aber es liegt ein großer Wald dazwischen.«

Trotzdem sah er so aus, als ob er weiter überlegte. Kate war sich sicher, dass sein Gehirn fieberhaft arbeitete.

Einen Augenblick später tauchte Lutfisk auf. Anders zog seine Handschuhe aus und kraulte ihn hinter den Ohren. Lutfisk streckte die Zunge heraus und leckte seinem Herrchen das Gesicht.

Anders lachte. »Ich weiß, was wir machen können! Wenn ich Lutfisk sage, er soll die Kühe holen, holt er sie. Warum können wir ihm nicht beibringen, Erik zu holen?«

»Warum nicht?« Kate gefiel die Idee. »Ich werde eine kleine Stofftasche nähen. Die kannst du dann an einer Schnur befestigen und die Schnur um Lutfisks Hals binden.«

»Jup, so machen wir's!« Anders war genauso aufgeregt wie Kate.

Er nahm seinen Skistock und ging in die Schneewehe hinein. »Ich warte nicht auf Erik.« Vorsichtig wischte er jeden Buchstaben fort. »Mama kann nichts gebrauchen, worüber sie sich noch zusätzlich Sorgen machen müsste.«

»Aber wir müssen Herrn Bloomquist Bescheid geben«, erinnerte Kate.

»Oder Andrew Anderson Nummer 3.« Anders ging zur Scheune.

Eine Minute lang stand Kate dort und schaute über den Rice Lake. Im morgendlichen Sonnenlicht erschienen die umliegenden Hügel ruhig, friedlich und sicher.

Doch dann rief Anders ihr zu: »Komm her, Kate!«

Als sie zur Scheune kam, hob Anders seine Hand, damit sie stehen blieb. »Schau her!« Er zeigte nach unten.

Vor der Tür vermischten sich die Spuren von Menschen und Tieren. Aber im Schnee direkt neben dem Weg sah Kate einen Stiefelabdruck von mittlerer Größe. »Der ist nicht von dir, stimmt's?« Schon während sie fragte, wusste sie die Antwort.

»Wie du schon sagtest: Meine Füße sind größer.«

»Ich glaube nicht, dass es seine Absicht war, dass wir diesen Stiefelabdruck entdecken«, meinte Kate langsam.

Anders stimmte zu. »Wenn er im Dunkeln gekommen ist, hat er wahrscheinlich nicht gemerkt, dass er neben den Weg getreten ist.«

Dann hatte Kate einen noch schrecklicheren Gedanken. »Weißt du was, Anders? Dieser Abdruck zeigt genau in Richtung Scheune, als habe jemand die Tür geöffnet und wäre hineingegangen. Derjenige, der die Botschaft geschrieben hat, könnte sich immer noch dort drinnen verstecken.«

Anders machte ein finsteres Gesicht. »Herzlichen Dank! Kannst du mir nicht mal etwas Angenehmes erzählen?« Er achtete genau darauf, wohin er trat, und hielt Ausschau nach weiteren Stiefelspuren.

Innerhalb des Zauns, der über das eine Ende der Scheune hinausreichte, hatten die Kühe und Schafe den Schnee festgetrampelt, sodass keine Spuren mehr zu erkennen waren. Anders und Kate wussten, dass dort jede Suche vergeblich war.

Der Weg zum Spirit Lake führte dicht am anderen Ende der Scheune vorüber. Anders schaute auf die Spuren und schüttelte den Kopf. Kate sah, was er meinte. Auch hier waren Pferde und Schlitten kreuz und quer durch den Schnee gelaufen und gefahren.

»Schön, bringen wir es hinter uns.« Anders kehrte zur Seitentür der Scheune zurück. Langsam stieß er sie auf. Die Tür quietschte laut in die Stille hinein.

Er wartete und lauschte, dann spähte er in die Dunkelheit.

Direkt vor ihnen drehten zwei Kühe ihre Köpfe nach hinten, um zu sehen, was los war. Von weiter hinten wieherte Wildfire ihre Begrüßung. Außerdem blökten leise die Schafe.

Kate folgte Anders in den Stall. Im Halbdunkel ergriff er eine Mistgabel und pirschte leise von einem Ende der Scheune zum anderen.

Geräusche in der Dunkelheit

Zwei Katzen sprangen hinter einem Fass hervor. Kate machte einen Satz. Aber Anders ging weiter und untersuchte die dunklen Ecken.

Immer noch die Mistgabel in Händen, kletterte er die Leiter zum Heuboden hinauf. Die Bodenbretter knarrten, als er über den Heuboden ging. Von dort oben hörten seine Schritte sich so schwer an wie die eines Mannes.

Schließlich warf Anders Heu durch das Loch hinunter auf den Boden. Kate breitete es für Wildfire und die Kühe aus, aber sie wurde ihr ungutes Gefühl nicht los. Bei dem vielen Heu auf dem Heuboden konnte sich mit Leichtigkeit jemand verstecken. Ihn zu entdecken, war unmöglich, wenn man nicht das gesamte Heu umschichtete.

Als Anders die Kühe melkte, ging Kate zum Hühnerstall. Da das Wasser dort gefroren war, holte sie warmes Wasser aus dem Haus. Während sie die Hühner fütterte, hielt sie ein wachsames Auge auf Big Red.

Sobald Tina hereinkam, schaute der Hahn von dem Bissen auf, an dem er herumpickte. Er legte den Kopf schief und warf einen Blick auf Tina, dann stürmte er auf sie los.

Tina wich zurück, wobei sie ihre Hände nach vorn streckte, um ihn abzuwehren. Kate ließ es jedoch nicht darauf ankommen. Sie rannte los und stellte sich vor die Kleine.

Als wollte er sagen: »Was glaubst du, wer du bist?«, legte der Hahn den Kopf in den Nacken. Er schlug mit den Flügeln, flog hoch, fuhr die Krallen aus, und sein scharfer Sporn ritzte Kates Haut auf.

»Auuuu!«, schrie Kate und sprang außer Reichweite. »Au, au, au!«

In sicherem Abstand untersuchte Kate ihr Bein. Sowohl ihre Wollsocke als auch die lange Unterwäsche waren zerrissen. Blutstropfen hinterließen rote Flecken.

Als Mama Kates Bein sah, rief sie aus: »Dieser Hahn!«

Kurz darauf sagte sie zu Anders: »Ich will, dass du diesen alten Hahn schlachtest. Er ist zu gemein. Zum Braten ist er zu zäh, aber er wird einen guten Eintopf abgeben.«

Nachdem die Familie mit dem Frühstück fertig war, klingelten Glöckchen im Hof. Kate zog ihren warmen Mantel an. »Ich will mit Erik und Anders nach Trade Lake fahren«, teilte sie Mama mit. »Zurück fahre ich mit meinen Skiern.« Sie nahm ein Paket und ging schnell nach draußen.

Anders lud die Milchkannen auf den Schlitten. Kate lud ihre Skier auf, dann kletterte sie hoch zwischen Erik und ihren Bruder. Auf dem Weg zur Stadt erzählten sie Erik von der Botschaft im Schnee.

»Und weißt du was?«, verriet Kate. »Anders wird Lutfisk beibringen, dich zu holen!«

Erik lächelte. »Mich zu *holen*?«

»Genauso, wie er die Kühe holt!« Kate fand den Vergleich lustig. »Wir werden ihm ein kleines Stoffsäckchen um den Hals binden. Wenn Lutfisk gehorcht, können wir dich immer erreichen, wenn wir wollen.«

»Gute Idee!«, meinte Erik. »Wir können ja heute Nachmittag, nach der Arbeit, mit seiner Ausbildung beginnen. Er wird bestimmt schnell lernen.«

Bei der Molkerei luden Erik und Anders ihre Milchkannen ab. »Können wir Sie einen Augenblick sprechen?«, fragte Anders den Molkereileiter.

Herr Bloomquist führte die drei aus dem großen Raum in den kleinen und schloss die Zwischentür. Sie setzten sich gerade hin, da kam Andrew Anderson durch die Tür herein, die direkt nach draußen führte. Anders erzählte den beiden Männern von der Botschaft und von den Stiefelabdrücken.

»Das gefällt mir gar nicht!«, sagte Herr Anderson laut. »Dein Vater ist fort und ihr seid allein auf der Farm.«

»Gibt es noch irgendetwas, was wir wissen sollten?«, fragte Anders. »Irgendetwas, was uns helfen könnte, herauszufinden, wer dieser Mann sein könnte?«

Der Molkereileiter schaute Herrn Anderson fragend an. Als der ältere Mann nickte, sagte Herr Bloomquist leise: »Andrew und ich wollten nicht, dass ihr noch weiter in die Sache hineingezogen werdet. Doch trotz unserer guten Absichten seid ihr schon mittendrin. Ihr könnt also ruhig wissen, dass wir auch unsere Schecks aus New York nicht bekommen.«

»Was meinen Sie damit?«, fragte Kate.

»Jeden Mittwoch bringen die Molkereien in dieser Gegend Butterfässer nach Grantsburg. Dort füllen wir einen Kühlwaggon der Eisenbahn. Er erreicht New York rechtzeitig zum Markt am Montagmorgen.«

»Sie mögen unsere Butter«, erklärte Herr Anderson. »Burnett-County-Butter bringt immer einen Cent über dem Marktpreis. Doch wir bekommen unsere Bezahlung nicht. Seit drei Wochen haben wir keinen Scheck erhalten.«

Anders drehte sich zu Kate um. »Weißt du, was das bedeutet?«

»Ich denke schon. Die Farmer bringen ihre Milch. Die Molkerei trennt sie und behält die Sahne, aus der die Butter gemacht wird. Dann sendet die Molkerei die Butter nach New York. Und wenn New York nicht zahlt, werden auch die Farmer nicht bezahlt. Richtig?«

»Du hast es erfasst.« Ihr Bruder machte wieder ein düsteres Gesicht.

»Das betrifft alle Farmer, die ihre Milch bringen«, erklärte Herr Anderson. »Das heißt fast jeden Farmer im Gebiet von Trade Lake.«

Kate seufzte. »Es wird alles immer schlimmer, nicht wahr?«

»Einen Hoffnungsschimmer haben wir allerdings.« Herr Anderson straffte seine Schultern. »Die

Bank hat uns einen kurzfristigen Kredit gegeben, um uns zu helfen, bis die Schecks aus New York eintreffen. Wir werden also die Schecks für die Farmer ersetzen.«

»Sie schreiben sie neu?«, fragte Kate. »Ich dachte, das könnten Sie nicht, weil das Kassenbuch gestohlen wurde.«

»Das wurde es. Aber wir haben immer noch einige Tageslisten. Unser guter Herr Bloomquist hat sie benutzt, um aufzuschreiben, wie viel Sahne jeder Farmer lieferte. Aus irgendeinem seltsamen Grund fehlen einige davon. Aber wir werden tun, was wir können.«

»Sie rechnen die Mengen aus?«, fragte Erik.

Herr Anderson nickte. »Bis das Kassenbuch wieder auftaucht, können wir nicht die volle Summe zahlen. Doch wir werden Schecks ausstellen über die Mengen, die wir wissen. Das braucht seine Zeit, aber wir können es tun.«

Zeit, dachte Kate. *Genau das, was wir nicht haben. Mama braucht ihr neues Kleid jetzt.*

»Wenn alles gut geht«, wandte Anders ein.

»Wenn alles gut geht.« Herr Anderson seufzte.

Kate, die seinen Blick sah, fragte sich: *Wie lange wird eine Bank einem Betrieb Geld leihen, in dem alles schiefgeht?* Die Bank war auch anderen Kunden gegenüber verantwortlich.

»Ich muss für ein paar Tage nach North Branch«, fuhr Herr Anderson fort. »Ich brauche ein besseres Versteck für die Tageslisten.«

Anders schaute Kate an und lächelte. »Also, wir wüssten da genau den richtigen Platz.«

Kate lachte. »Warum bringen Sie die Listen nicht gleich zu Swensons, bevor Herr Swenson wegfährt? Sagen Sie ihm, Kate, Anders und Erik schicken Sie.«

Bald darauf ging Herr Anderson durch die Tür hinaus, die direkt nach draußen führte. Anders und Erik gingen mit ihm. Durch das Fenster beobachtete Kate, dass sie die Pferde in Richtung Little Trade Lake lenkten, um weiter Eis einzubringen.

Kate benutzte die andere Tür und ging in den Hauptraum. Herr Bloomquist nahm gerade von einem Farmer Milch entgegen. Kate blieb vor dem großen hölzernen Butterfass stehen und schaute zu, wie es sich drehte.

Da nahm sie leise Stimmen wahr. Neugierig ging Kate auf die andere Seite des Butterfasses und entdeckte Gunnar Grimm und LeRoy Fenton. Sobald sie die Männer anstarrte, hörten sie auf zu sprechen.

Kates Herz klopfte wie wild. *Es gibt hier so viele Türen. Seit wann sind sie schon hier?*

Sie wäre am liebsten hinausgerannt. Stattdessen versuchte sie, so zu tun, als wäre es unwichtig, dass sie sie gesehen hatte. Mit klopfendem Herzen ging sie langsam zur Außentür. *Gunnar Grimm. LeRoy Fenton. Was hatte das zu bedeuten?*

Für einen Januartag war es an diesem Morgen sehr warm und Kate genoss die sanfte Brise. Etwas wollte sie auf jeden Fall erledigen. Das Paket, das sie von zu Hause mitgebracht hatte, fest unter den Arm geklemmt, eilte sie in Gustafsons Laden. Die Verkäuferin zeigte ihr die Stoffe, die sie vorrätig hatte, doch Kate war enttäuscht. Kein Stoff war so schön wie der blaue, den sie gesehen hatte.

»Es tut mir leid«, sagte sie schließlich. »Was ich möchte, ist nicht dabei.«

»Ist der Stoff für dich?«

Kate schüttelte den Kopf. »Für meine Mutter.«

»Ahhh!« Die Verkäuferin erinnerte sich. »Du bist Kate O'Connell. Deine Mutter erwartet ein Baby.«

Kate, die sich schrecklich fühlte, nickte. Hätte sie den Stoff doch nur an dem anderen Tag kaufen können. Jetzt war es zu spät.

Doch da faltete die Verkäuferin ein großes Stück Stoff auseinander. »Hier ist es – hier unten. Ist es das, was du wolltest?«

In dem schwachen Licht des Ladens leuchtete der blaue Stoff ihr entgegen. »Er ist noch da?« Kate konnte es kaum glauben.

Die Verkäuferin lächelte. »Jo.«

»Aber Maybelle wollte den Stoff doch kaufen!«

Die Verkäuferin sah aus, als wollte sie lachen. »Maybelle hat stattdessen grünen Stoff gekauft. Sie meinte zu mir: ›Wenn Kate sagt, die Farbe sieht wundervoll aus, dann ist sie bestimmt schrecklich.‹«

Kate kicherte. »Und dabei habe ich nur die Wahrheit gesagt!«

Sie legte das Päckchen ab, das sie mitgebracht hatte. Nachdem sie die Verpackung geöffnet hatte, blickte sie auf die Fausthandschuhe und den langen Schal, die darin lagen. Sie waren handgestrickt, warm und ebenfalls sehr schön. Mama hatte sie als Weihnachtsgeschenk für Kate gestrickt und dafür sehr teure rote Wolle genommen.

Kate berührte die Wolle und ließ die Hand eine Weile darauf liegen, so weich war sie. Sie hatte den Schal und die Handschuhe erst einmal getragen.

Bevor sie ihren Entschluss ändern konnte, fragte sie schnell: »Kann ich das gegen den blauen Stoff tauschen?«

»Du willst den Schal und die Handschuhe tauschen? Sie sind sehr schön«, stellte die Verkäuferin fest. »Und sie sind ungewöhnlich gut gemacht.« Sie schien zu vermuten, wie viel Mamas Geschenk für Kate bedeutete. »Bist du dir sicher, dass du sie hergeben willst?«

Kate zögerte kurz. »Ja«, sagte sie schließlich. »Sie machen doch Tauschgeschäfte, oder nicht?«

»Jo.« Die Verkäuferin sah immer noch zurückhaltend aus. »Wenn du dir sicher bist. Du kannst auch noch etwas Spitze für das Kleid deiner Mutter dazubekommen.«

Kate dachte schnell nach. Wenn Mama Spitze haben wollte, dann konnte sie diese von einem anderen Kleid nehmen. »Kann ich stattdessen ein kleines Stück Flanell bekommen?«

Die Frau lächelte. »Ein kleines Stück.«

Sobald die Verkäuferin die Stoffe eingepackt hatte, eilte Kate aus dem Geschäft. Auf dem ganzen Weg zur Windy Hill Farm dachte sie über das nach, was sie getan hatte. Einen Augenblick lang freute sie sich. Im nächsten Augenblick dachte sie an den schönen roten Schal und die Handschuhe.

Zu Hause angekommen, führte Kate Mama zu ihrem Lieblingsstuhl.

»Setz dich«, bat Kate. »Schließ die Augen und öffne deine Hände!« Sie legte das Päckchen in Mamas ausgestreckte Hände.

Mama entfernte das Packpapier und staunte. »Oh, Kate!« Behutsam strich sie über den blauen Stoff. »Wie konntest du so schönen Stoff kaufen?« Als sie die Geschichte hörte, traten ihr Tränen in die Augen.

Dann zog Kate unter dem Kleiderstoff das Stück Flanell hervor. »Für das Baby«, meinte sie. Kate sah Mamas sanftes Lächeln und war glücklich, dass sie den Tausch gemacht hatte.

Am späten Nachmittag fuhr Kate auf ihren Skiern zu Josie. Sie freute sich darauf, mit ihrer Freundin zusammen zu sein. Sie würden die halbe Nacht miteinander schwatzen.

Lutfisk sprang und tobte neben und vor ihr her. Schließlich nahm er die Spur von ein paar Hasen auf und schoss davon.

Während die Wintersonne im Westen unterging, brachten Kate und Josie Swensons Kühe in den Stall und melkten sie. Als sie fertig waren, war bereits die Nacht über die Farm hereingebrochen.

Das Erdgeschoss von Swensons Blockhaus bestand aus zwei Räumen – einer großen Küche und einem Bereich zum Essen und zum Sitzen. Zwischen den beiden Räumen führte eine Treppe zum Obergeschoss.

»Kannst du dir meine Brüder im Zug vorstellen?«, fragte Josie, während sie und Kate am Küchentisch zu Abend aßen.

Kate lachte. Ihre Freundin hatte sechs Brüder und zwei Schwestern. »Jacob und Joshua, Jonah und Jesse. Jethro und James. Und Rebecca und Jennifer.«

Schließlich hatte Kate sie alle zusammenbekommen, sogar ihre Namen. Sie musste sie allerdings in einer gewissen Ordnung wie einen Reim aufsagen.

Josie beugte sich über den Tisch. »Ich habe dir so viel zu erzählen!« Da die Schule erst wieder am 8. April begann, sahen sie sich nicht so oft, wie sie es gern wollten.

Da hörte Kate ein seltsames Geräusch, das von der Außenwand kam. »Was war das?«, fragte sie und schaute zu dem großen Fenster, das dem Tisch am nächsten lag.

»Was war was?«, entgegnete Josie. »Ich habe nichts gehört.« Kate begann wieder zu essen. Kurz darauf hörte sie ein Geräusch, als würde jemand an der Wand entlangkratzen.

Sie stand auf, ging zum Fenster und spähte hinaus, doch sah weiter nichts als die schwarze Nacht.

Langsam setzte Kate sich wieder hin. Sie war sich sicher, dass sie ein Geräusch gehört hatte. Aber die Glasscheibe blieb dunkel, kalt und leer. »Gibt es eine Möglichkeit, das Fenster zu verhängen?«, fragte sie.

»Warum?« Josie schaute ihre Freundin an, als fände sie sie etwas seltsam. »Dort draußen ist nichts.«

»Woher weißt du das?«

»Ich weiß es einfach«, erklärte Josie.

Kate hatte jedoch in Minneapolis gelebt. Sie mochte keine Fenster, die in der Nacht nicht mit Fensterläden verschlossen waren.

»Hör auf, dich wie ein Stadtmädchen zu benehmen«, meinte Josie. »Hier draußen auf dem Land schleicht keiner rum.«

Kate setzte sich wieder auf ihren Stuhl. Sie wollte ihrer Freundin nicht zeigen, wie unwohl sie sich fühlte.

»Jetzt erzähl mir alles, was passiert ist«, forderte Josie sie auf. Im Licht der Petroleumlampe schien ihr Gesicht zu glühen.

Aber Kate hörte schon wieder das Geräusch. Sie wollte mehr Licht, deshalb sagte sie: »Ich kann kaum sehen, was ich esse. Habt ihr noch eine andere Lampe?«

Josie lachte. »Anders hat recht. Du *bist* ein Angsthase! Und *du* sollst mir Gesellschaft leisten!«

Kate schluckte. Trotzdem holte sie aus dem anderen Zimmer eine Lampe in die Küche. Vorsichtig stellte sie die Lampe auf das Tischende, das dem Fenster am nächsten lag.

Da begann das kratzende Geräusch erneut, und zwar diesmal lauter. »Oh!«, stöhnte Josie, mit vor Furcht weit geöffneten Augen. »Jetzt weiß ich, was du meinst.«

»Hast du irgendeine Idee, was das sein könnte?«, fragte Kate und versuchte dabei ruhig und sicher zu klingen.

Josie schüttelte den Kopf. »Ein Zweig, der am Haus entlangkratzt, kann es nicht sein. Dort draußen steht kein Baum.«

»Was ist es *dann*?«, wollte Kate wissen.

»Ich weiß es nicht«, flüsterte Josie. »Was sollen wir tun?«

»Vielleicht könnten wir eine Decke nehmen«, flüsterte Kate zurück. »Wir könnten sie vor das Fenster hängen. Wenn jemand draußen ist, dann kann er uns nicht sehen.«

»*Er*? Was glaubst du, wer es sein könnte?« Josies Augen waren so groß wie zwei Silber-Dollar.

»Ich weiß es nicht, aber ganz egal, wer es ist, er könnte uns nicht sehen.«

Josie nickte, sie war zu verschreckt, um etwas zu sagen. Kate schaute zum Fenster. »Gibt es die Möglichkeit, dass ich oben am Fenster eine Decke befestigen könnte?«

In diesem Augenblick erschien ein Kopf über der Fensterbank – ein Kopf mit schwarzen stechenden Augen. Voller Entsetzen stieß Kate ihren Stuhl nach hinten. Er fiel laut krachend zu Boden.

Der geheime Raum

Josie!«, schrie Kate.

Ihre Freundin hatte sich bereits unter dem Küchentisch versteckt. »Komm hier runter«, flüsterte Josie mit heiserer Stimme.

Kate rührte sich vor Schreck jedoch nicht von der Stelle und starrte auf das dunkle Fenster.

Sie sah, wie der Kopf immer näher kam. Seine Augen waren groß und stechend. Über ihnen wackelte etwas Rotes.

Kate hielt sich krampfhaft an der Kante des Küchentischs fest. Jetzt kam ein großer gelber Schnabel zum Vorschein. Der Schnabel öffnete sich und schloss sich wieder. Durch die Scheibe hörte Kate einen heiseren Schrei. *Kikkeriki-iiii!*

Plötzlich fing Kate an zu lachen. Sie ließ sich auf einen Stuhl fallen.

»Bist du verrückt?«, fragte Josie unter dem Tisch.

Kate hielt sich vor Lachen die Seiten. »Kikkeriki-iiii, natürlich!«

Schließlich konnte Kate aufstehen. Sie riss die Küchentür auf, rannte um die Ecke und erwischte noch Anders und Erik, die gerade verschwinden wollten.

»Gemeine Jungs!«, schimpfte Kate. »Wie könnt ihr so schrecklich sein? Ihr habt Josie furchtbar erschreckt!«

Anders prustete los: »Du meinst wohl: ›Kate furchtbar erschreckt‹. Kein schlechter Spaß, oder?«

»Das werde ich dir heimzahlen!«, tobte Kate.

Anders streckte ihr blitzschnell den Kopf des Hahns entgegen.

Kate trat den Rückzug an und rannte die Stufen hoch. An der Tür drehte sie sich um. »Wenn ihr schon mal hier seid, könnt ihr auch reinkommen. Josie hat Plätzchen da.«

»Was für eine liebenswürdige Einladung!«, spottete Anders. Trotzdem kamen er und Erik in das Haus.

Als sie die Küche betraten, war Josie gerade unter dem Tisch hervorgekommen. Sie strich ihr Haar glatt und lächelte Anders an.

Dieser nahm seine Mütze ab und schob sein blondes Haar aus der Stirn. Er lächelte ebenfalls. Anders hatte mehr als einen Grund, den weiten Weg hierher zu machen, war Kate sich sicher.

Sie blickte zu Erik hinüber. *Empfindet er für mich genauso?*

Nachdem Kates Furcht verschwunden war, kam ihre übliche Neugier wieder zum Vorschein. »Wie hast du das *gemacht*?«, fragte sie Anders. Sie erkannte den Kopf von Big Red. Der Hahn musste wohl den Weg in den Kochtopf gefunden haben. »Wie machst du es, dass der Schnabel sich öffnet und schließt?«

Anders lachte. »Siehst du diesen Muskel am Hals des Hahns?« Anders zog ihn auf und ab.

Kate mochte immer noch nicht zu nahe kommen.

Nachdem Anders Josies Plätzchen verschlungen

hatte, berichtete er Kate: »Ich habe noch mehr Stiefelabdrücke gefunden.«

Kates Augen wurden groß. »Wo?«

»Auf der Seite der Scheune, die wir nicht untersucht haben. Kennst du die Hintertür? Ich habe dort Fußabdrücke gefunden, die von der Tür wegführten.«

»Bist du ihnen gefolgt?«

»Nicht sehr weit. Nach einer kurzen Strecke verschwanden sie. Sie waren einfach verschwunden, verweht vom Schneegestöber.«

Nachdem die Jungs nach Hause aufgebrochen waren, bat Josie Kate, eine Lampe zu holen. »Ich will dir etwas zeigen.«

Josie führte sie in den geheimen Zwischenraum, den sie erst vor Kurzem entdeckt hatten. Kate hatte den Raum seitdem nicht mehr gesehen. Sie war ganz wild darauf, sich darin umzusehen.

Gemeinsam öffneten sie die Tür und traten ein. Der Raum war eng, wahrscheinlich nicht breiter als neunzig Zentimeter. Aber er war lang. An einem Ende war die Decke so hoch, dass ein Mann dort stehen konnte. Am anderen Ende verlief die Decke dicht über dem Boden.

Kate stellte die Lampe ab und Josie hob ein sorgfältig eingewickeltes Päckchen auf.

»Was ist das?«, fragte Kate.

»Bevor Papa fortfuhr, kam Andrew Anderson Nummer 3 her. Er erzählte Papa, dass du und Anders ihn geschickt hätten.«

Kate grinste. »Wir haben ihn allerdings geschickt.«

»Papa sagte: ›Ich fahre heute nach Minneapolis.‹ Sie sprachen miteinander darüber. Schließlich einigten sie sich über irgendetwas. Als Papa losfuhr, sagte er mir: ›Ich habe einige Papiere in den geheimen Raum gelegt. Dort sind sie sicher. Niemand weiß, dass wir sie haben –‹«

Also hatte ihre Idee Herrn Anderson gefallen! Kate freute sich darüber. Der geheime Raum war bestimmt der sicherste Platz in der ganzen Gegend. Kate und Josie ließen das Päckchen in einer Ecke des Raums zurück und gingen wieder in die Küche.

Während sie das Abendbrotgeschirr spülten, hörte Kate draußen auf der Straße ein Geräusch. »Was ist das?«, fragte sie und horchte.

Sie war sich nicht sicher, was sie hörte. Vielleicht ein Pferd, das in ihre Richtung kam. Etwas war jedoch seltsam. Bewegte sich das Pferd besonders langsam, als wollte der Fahrer nicht, dass jemand es bemerkte?

Kate blies die Petroleumlampe aus, die neben ihnen stand. »Josie, mach du die andere Lampe aus.«

Die zweite Flamme verlosch und die Mädchen standen im Dunkeln. »Was ist los?«, flüsterte Josie.

»Ich glaube, da kommt ein Pferd. Aber es trägt keine Glöckchen.«

»Aber hier bindet doch jeder Glöckchen ans Zaumzeug«, erwiderte Josie.

»Ich weiß«, flüsterte Kate. »Pssst!«

Gemeinsam schlichen sie in den großen Raum.

Aus sicherer Entfernung spähten sie aus dem Fenster.

Die Nacht war zu dunkel, als dass Kate und Josie viel sehen konnten. Dennoch erkannten sie die Umrisse eines Pferdes, das sich auf das Haus zubewegte.

Kate duckte sich. »Das sind bestimmt die Jungs«, flüsterte sie, als ein Pferd mit Schlitten an jener Stange stehen blieb, die zum Anbinden der Pferde diente. »Diesmal haben sie Wildfire mitgebracht. Sie kommen wieder, um uns zu erschrecken.«

Die Mädchen beobachteten, dass sich ein Schatten neben dem Pferd bewegte. Kate hörte das Klirren des Geschirrs. »Das sind Anders und Erik. Wie können wir *ihnen* einen Schrecken einjagen?«

Josie kroch zur einen Seite des Fensters. Sie hatte nur kurz hinausgeschaut, da schreckte sie auch schon zurück. »Kate, es ist –«

Doch Kate unterbrach sie: »Wie können wir es ihnen heimzahlen?«

Auf Händen und Knien kroch sie zur anderen Seite des Fensters. Sie bemühte sich, außer Sichtweite zu bleiben, und starrte in die Dunkelheit.

»Kate –«, setzte Josie erneut an.

Im selben Augenblick entfernte die Person sich von dem Pferd. Einen Moment lang hob sich sein kräftig gebauter Körper gegen den Schnee ab. Kate spürte, wie sie von Panik ergriffen wurde.

Sie kroch vom Fenster weg. »Josie –« Kates Stimme zitterte in der Dunkelheit.

»Ich weiß«, antwortete ihre Freundin. »Es sind nicht die Jungs. Was sollen wir jetzt machen?«

Während sie sprach, knirschte ein Stiefel auf dem schneebedeckten Weg, der zum Haus führte.

Kate hatte nur wenig Zeit zum Nachdenken. Sie blieb auf Händen und Knien und kroch zurück zum Geheimraum. Dort schob sie den Hebel zur Seite, öffnete die Tür und schlüpfte hinein. Josie folgte dicht hinter ihr.

In dem kleinen Raum ohne Fenster war es noch dunkler als vorher. Trotzdem schloss Kate die Tür hinter sich. »Kate –«

Kate legte ihre Hand auf Josies Arm und flüsterte: »Pssst! Es ist jemand an der Außentür.«

»Ich wünschte, wir könnten etwas sehen«, flüsterte Josie zurück.

Die beiden Mädchen strengten sich an, etwas zu hören. Die Tür, die in das Haus führte, knarrte. Unten am Boden spürte Kate einen kalten Luftzug. Die Tür schloss sich.

Kate und Josie saßen bewegungslos und wagten kaum zu atmen. Von ihrem Versteck aus hörten sie, dass ein Streichholz angezündet wurde.

Kate schien ein kleines flackerndes Licht zu sehen. Dann verschwand es. Hatte sie es sich nur eingebildet?

Wieder hörte sie, dass ein Streichholz angezündet wurde. Sie schaute von ihrem Platz direkt an der Tür nach oben. Über ihrem Kopf sah sie ein schwaches Licht. Während sie hinaufschaute, wurde das Licht heller. Hatte der Eindringling eine Petroleumlampe angezündet?

Im nächsten Augenblick kam Kate ein Gedanke. *Wenn Licht hineinkommen kann, dann kann ich auch hinaussehen.* Lautlos stand sie auf.

Mit den Fingern tastete sie sich zu dem schmalen Spalt vor, durch den das Licht hineindrang. Sie entdeckte, dass kleine Holzstücke in die Tür eingesetzt waren. Die schmalen Leisten ließen sich verschieben, eine nach oben und eine nach unten. Sie hinterließen einen Spalt, der breit genug war, um hindurchzuschauen.

Kate hielt ihr Auge näher an den Spalt. Es stand jemand am Esszimmertisch und hielt eine Lampe. Er trug eine Mütze und drehte Kate den Rücken zu.

Die Gestalt war ein Mann mittlerer Größe – stark und muskulös. Er trug eine rot-schwarz karierte Jacke. Wer war es? LeRoy Fenton und Gunnar Grimm hatten beide solche Jacken.

Kate beobachtete jede Bewegung. *Zeig mir dein Gesicht!*, hätte sie am liebsten gerufen.

Stattdessen begab sich der Mann zur gegenüberliegenden Wand. Er hielt die Lampe hoch und klopfte mit der freien Hand die Wände rings im Zimmer ab. Was wollte er hier?

Plötzlich fielen Kate die beiden Männer ein, die in der Molkerei gelauscht hatten. War dieser Mann einer von ihnen? Versuchte er die Tageslisten zu finden?

Als der Mann sich auf die andere Seite des Ofens

begab, verlor sie ihn aus den Augen. Dem Geräusch seiner Bewegungen nach zu urteilen, ging er jetzt die letzte Wand entlang.

Wo ist Lutfisk?, fragte sich Kate. Wenn sie ihn jemals gebraucht hatte, dann jetzt! Aber sie hörte kein Bellen, keinen Hund, der im Wald die Hasen jagte. Nicht einmal weit entfernt.

Stattdessen spürte sie eine Bewegung. Dicht neben ihren Füßen änderte Josie in der Dunkelheit leise ihre Haltung.

Direkt außerhalb des geheimen Raums näherten sich ihnen schwere Schritte. Der Mann kam immer näher. *Was sucht er hier?*, fragte Kate sich wieder.

Ganz dicht neben ihr klopfte er gegen die Wand und Kate kam ein schrecklicher Gedanke. *Vielleicht sucht er nach mir.* Das Herz schlug ihr bis zum Hals und sie zog sich einen Schritt zurück. Plötzlich spürte sie etwas unter ihrem Fuß. Josie hielt die Luft an.

Ich bin auf ihre Hand getreten!, dachte Kate.

Der Mann kam näher, wobei er immer noch gegen die Wand klopfte. Würde die Tür hohl klingen? Was würde geschehen, wenn er das Guckloch entdeckte, das Kate benutzt hatte?

Wie gern hätte sie hinausgeschaut, um das Gesicht des Mannes zu sehen, der hier herumschnüffelte. Doch sie wusste genau, dass sie es nicht konnte. Wenn sie noch einmal auf Josies Hand trat, würde Josie wahrscheinlich einen Schrei ausstoßen.

Noch mehr schlechte Nachrichten

Dann klopfte der Mann direkt vor Kate gegen die Wand, aber oberhalb und unterhalb der Leisten. Es schien Stunden zu dauern, bis er weiterging.

Diesmal achtete Kate auf Josie, während sie sich vorwärtsbewegte. Als sie durch den schmalen Spalt spähte, bewegte das Licht sich aus dem Zimmer.

Eine Minute lang wartete Kate, um sicherzugehen. Schließlich kniete sie sich neben Josie. »Er ist in der Küche.«

Josie holte so tief Luft, als hätte sie die ganze Zeit über die Luft angehalten. Sie lauschten und hörten, wie der Mann weiter umherging. Sie sprachen kein Wort.

Als Kate erneut aufstand, erspähte sie einen Lichtstrahl in der Nähe der Tür. Der unwillkommene Besucher kam nicht ins Zimmer, sondern ging die Treppe hinauf. Mit schweren Schritten stieg er zum Obergeschoss empor.

»Was glaubst du, was er sucht?«, fragte Josie.

»Die Papiere, meinst du nicht?« Zumindest war es das, was Kate glauben wollte.

»Herrn Andersons Papiere?« Josie war verwirrt. »Aber niemand weiß, dass sie hier sind.«

»*Jemand* weiß, dass Herr Anderson sie hierher gebracht hat«, flüsterte Kate. »Und dieser Jemand ist in diesem Haus!«

Die schweren Schritte kamen die Treppe hinunter. Kate nahm wieder ihren Platz am Guckloch ein und versuchte einen Blick in das Gesicht des Eindringlings zu werfen.

Doch als der Mann in ihr Sichtfeld kam, sah sie nur seinen Rücken. Er stellte die Lampe auf den Tisch und blies die Flamme aus.

Während Kates Augen sich an die Dunkelheit gewöhnten, fühlte sie mehr als sie sah, dass der Mann zur Außentür ging. Als die Tür quietschte, wusste sie, dass er sie öffnete. Ein erneutes Quietschen ließ sie vermuten, dass er sie schloss. Befand sich der Eindringling nun draußen oder noch drinnen?

Kate und Josie warteten weiter regungslos in dem geheimen Raum. Das Ohr dicht an den Holzleisten, hörte Kate auf der vereisten Straße Hufgeklapper. Zuerst hörte man es noch in der Nähe, dann entfernte es sich allmählich. Schließlich war kein Hufschlag mehr zu hören. Erst dann verließen die Mädchen ihr Versteck.

»Wir sollten draußen nachschauen«, schlug Kate vor. »Vielleicht hat der Mann Spuren hinterlassen.«

»Vielleicht«, meinte Josie. »Aber mich bekommst du nicht nach draußen. Ich bleibe hier.«

Kate ging zur Tür, aber Josie hielt sie zurück. »Kate, wir sind hier ganz allein. Es gibt niemanden in der Gegend.« Kate zog ihren Mantel an.

»Was ist, wenn dieser schreckliche Mann seine Pferde irgendwo zurückgelassen hat und zu Fuß zurückkommt?«, fragte Josie. »Du würdest ihn nicht hören.«

Kate hatte schon die Hand am Türgriff, blieb jedoch stehen. Sie mochte den Gedanken, im Dunkeln nach draußen zu gehen, genauso wenig leiden wie Josie. »Ich schaue morgen früh nach«, erklärte sie und zog langsam wieder ihren Mantel aus. »Es schneit nicht. Wenn draußen Spuren sind, dann sind sie morgen auch noch da.«

Sie machten kein Licht, holten Decken aus Josies Bett und breiteten sie auf dem Boden des Geheimraums aus. Noch lange, nachdem sie unter die Decken gekrochen waren, lagen sie im Dunkeln wach.

»Ich habe Angst«, meinte Josie schließlich.

»Ich auch«, gestand Kate. Sie hatten zwar ihre Schuhe ausgezogen, aber ihre Kleider anbehalten.

»Glaubst du, er kommt zurück?« Josies Stimme zitterte.

»Nein, das glaube ich nicht.« Kate wollte für ihre Freundin stark sein. Aber auch sie zitterte vor Angst.

Der Geheimraum wurde kalt. Kate öffnete die Tür einen Spalt, um die Wärme des in der Nähe stehenden Ofens hereinzulassen. Als sie versuchte, sich wieder hinzulegen, dachte sie an die lauten krachenden Geräusche, die ihr Haus während der Nacht machte.

»Was tust du, wenn du Angst hast?«, hatte Kate ihre Mutter gefragt.

»Ich bete«, hatte diese gesagt. »Und ich bitte Gott, dass er mich an etwas erinnert.«

»An was?«, wollte Kate wissen.

»Dass, ganz gleich was geschieht, Gott immer bei uns ist.«

Ich will mich auch daran erinnern, dachte Kate jetzt, genauso wie in jener Nacht. Nach einer Weile schlief sie trotz ihrer Angst ein – in der Gewissheit, dass Gott bei ihr war und sie sich geborgen fühlen konnte.

Am nächsten Morgen wachte Kate vom Bellen eines Hundes auf. »Wo bin ich?«, murmelte sie, während sie die Augen öffnete. Der Raum war dunkel und es fiel nur durch einen Spalt Licht hinein.

Als sie völlig wach war, erinnerte sie sich an den vorhergehenden Abend. An die Jungen, die gekommen waren, um sie zu erschrecken. An den Mann, der in das Haus eingedrungen war, um nach etwas zu suchen. Und an den geheimen Raum, der ihnen Schutz gab.

Der Hund bellte weiter, als wollte er ihre Aufmerksamkeit erregen. Manchmal schien er ganz in der Nähe zu sein, dann wieder weiter entfernt. Aber das Bellen hörte sich bekannt an.

»Lutfisk!«, rief Kate aus. »Was machst du hier?«

Sie kroch unter den Decken hervor, zog ihre Schuhe an und ging schnell zu einem Fenster. Es war wirklich Lutfisk. Er sprang zwischen der Eingangstür der Swensons und der Stange zum Anbinden der Pferde hin und her.

Als Kate nach draußen kam, wurde das Bellen des

Hundes zu einem freudigen Jaulen. Mit wedelndem Schwanz raste er die Stufen zur Tür hoch.

Kate kniete sich hin und nahm den Hund in die Arme, der ihr das Gesicht ableckte. Sie drehte den Kopf zur Seite und lachte. »Guter Junge!«, lobte sie, erleichtert darüber, ihn dazuhaben. »Wo warst du letzte Nacht, als ich dich gebraucht habe?«

Lutfisk ließ ein kurzes schnelles Bellen vernehmen, als wollte er ihr etwas erzählen.

»Ich vermute, ich soll dir die Ohren kraulen«, meinte Kate. Lutfisk wedelte wieder mit dem Schwanz und jaulte freudig.

In der hellen Morgensonne glitzerte der Schnee, als wäre er mit Diamanten übersät. Jetzt, wo die Welt so aussah, schien Kates Furcht in der vergangenen Nacht völlig unbegründet. War wirklich jemand in Swensons Haus eingedrungen?

Kate fiel wieder ein, dass sie nach den Fußspuren suchen wollte, und stand auf. Swensons benutzten normalerweise die Küchentür. Vielleicht hinterließ der ungebetene Besucher die einzigen Spuren zur Eingangstür.

Kate ging zum Rand des Vorbaus und schaute hinunter.

Sie stöhnte auf vor Enttäuschung. »Warum habe ich bloß gewartet?«

Sie konnte sich kaum noch erinnern, welche Angst sie gehabt hatte. »Warum habe ich nicht gleich nachgesehen?« Sie machte sich Vorwürfe.

Lutfisk sprang die Stufen hinunter. Kate versuchte, ihn zu fangen, aber es war schon zu spät. Der Hund war bereits vorher zu oft zwischen Vorbau und Stange hin und her gelaufen. Jede menschliche Fußspur war von Lutfisks Spuren überdeckt.

Kate ging den Weg hinauf und hinunter, musste ihre Suche aber schließlich aufgeben. Nicht ein einziger Fußabdruck war geblieben.

Nachdem Kate von Josie aus aufgebrochen war, fuhr sie auf ihren Skiern nach Trade Lake. Dort traf sie Erik und Anders, die sich in ihrer Mittagspause in der Molkerei aufwärmten.

Schon als sie die beiden sah, fühlte Kate sich besser. Sie setzte sich in dem Raum mit dem Dampfkessel zu ihnen und erzählte ihnen mit leiser Stimme, was in der vergangenen Nacht geschehen war.

»Du hast nie das Gesicht des Mannes sehen können?«, fragte Anders.

Kate schüttelte den Kopf. »Aber er war kräftig gebaut, von mittlerer Größe, also kleiner als du. Und er trug eine rot-schwarz karierte Jacke.«

Ihr Bruder schnaubte verächtlich. »Diese Beschreibung passt auf fünfzig Prozent der Männer von Burnett County. Hast du seine Haare gesehen?«

Wieder musste Kate verneinen. »Sie waren von einer Mütze verdeckt.«

Erik machte ein grimmiges Gesicht. »Mir gefällt das nicht. Du und Josie, ihr wart allein!«

Anders empfand genauso. »Was wäre geschehen, wenn der Mann euch gefunden hätte? Wir sagen besser Herrn Bloomquist Bescheid.«

Sie fanden Herrn Bloomquist in dem großen offenen Raum. Er war gerade dabei, Butter in 60-Liter-Fässer zu packen. Mit schnellen Bewegungen legte er ein rundes Stück Pergament unten in das Fass, dann ein weiteres Stück Pergament an die Seiten.

»Wir müssen mit Ihnen sprechen«, erklärte Anders.

»Schlechte Nachrichten?«, fragte Herr Bloomquist mit gedämpfter Stimme.

Anders nickte.

Herr Bloomquist schaute sich um. »Nur eine Minute.« Er stand auf, um Proben von der Milch zu nehmen, die zwei Farmer gerade in Kannen hereingebracht hatten.

»Mit Herrn Bloomquist stimmt etwas nicht«, meinte Kate.

Als der kleine stämmige Mann zu ihnen zurückkam, füllte er Butter in ein Fass. Dann setzte er den hölzernen Deckel darauf.

Was ist los?, fragte sich Kate. *Er tut so, als wären wir gar nicht da.*

Anders wollte etwas sagen, doch Herr Bloomquist bedeutete ihnen, zu warten, bis die Farmer gegangen waren.

Er nahm vier Blechstreifen und nagelte den Deckel fest, dann setzte er den Stempel mit Namen und Adresse der Molkerei darauf. Darunter schrieb er eine Versandnummer.

Nachdem die beiden Farmer gegangen waren, stampfte Anders ungeduldig mit dem Fuß auf den

Boden. Herr Bloomquist nagelte das letzte Fass zu, dann führte er sie in den kleineren Raum. Er ließ sich auf seinen Stuhl fallen. »Jetzt lasst hören, was geschehen ist.«

Erik und Anders zogen Bänke heran und lehnten sich vor. Kate erzählte Herrn Bloomquist von dem nächtlichen Besucher.

Herr Bloomquist schüttelte den Kopf. »Hat Andrew die Tageslisten dort gelassen?«

»Ich vermute es«, antwortete Kate. »Wir haben das Päckchen nicht geöffnet, aber Josies Vater hat erzählt, dass Herr Anderson Papiere gebracht hat.«

Herr Bloomquist bewegte sich voller Unruhe auf seinem Stuhl. »Die Schecks von der Molkerei zu stehlen, ist eine Sache. Sie sind klein, und es könnte dem Dieb gelingen, sie an verschiedenen Orten einzulösen. Aber warum hat er das Kassenbuch mitgenommen? Und was will er mit den Tageslisten?«

Herr Bloomquist war zu nervös zum Stillsitzen. Er sprang auf und ging mit großen Schritten auf und ab. Schließlich blieb er vor Kate stehen. »Da der Dieb Swensons Haus bereits durchsucht hat, ist das vielleicht der sicherste Ort für die Papiere. Zumindest so lange, bis Andrew zurückkommt. Aber woher wusste der Mann, wo er suchen musste?«

Kate biss sich auf die Lippe. Sollte sie sagen, dass sie LeRoy Fenton und Gunnar Grimm hinter dem Butterfass gesehen hatte? War einer von ihnen schuldig oder beide? Oder keiner von ihnen? Kate konnte nichts beweisen und vielleicht würde sie jemanden verdächtigen, der unschuldig war.

Wieder ging Herr Bloomquist auf und ab. Obwohl er ein junger Mann war, sah sein Gesicht alt aus vor Sorgen. »Als ich im November diese Arbeit annahm, hätte ich mir nie träumen lassen, dass so etwas passiert. Aber das ist noch nicht alles.«

Er schritt schnell zur Tür, schaute sich in dem großen Raum um und machte die Tür zu. Nachdem er sich hingesetzt hatte, rückten Kate, Anders und Erik näher heran.

Trotzdem sprach Herr Bloomquist so leise, dass Kate es kaum verstehen konnte. »Von allen Dingen, die geschehen sind, ist das das Schlimmste!«

Die Katastrophe mit den Butterfässern

Der Molkereileiter fuhr sich mit den Fingern durchs Haar. »Dass Andrew ausgerechnet jetzt fort sein muss. Ich habe ihn noch nie so sehr gebraucht wie jetzt!«

»Was ist los?« Kate fiel es schwer zu glauben, dass etwas noch schlimmer sein konnte als alles, was bereits geschehen war.

»Wenn wir die Butterfässer gefüllt haben, stellen wir sie in den Kühlraum«, erklärte Herr Bloomquist. »Heute Morgen hatte ich ein ungutes Gefühl wegen der Butter, die gestern verpackt wurde. Ich tat etwas, was ich noch nie zuvor getan habe. Ich öffnete ein Fass. Die Butter sah ganz in Ordnung aus, doch dann probierte ich sie.« Seine Stimme wurde laut vor Zorn. »Sie war salzig. Zu salzig zum Essen!«

Kate schaute Erik an und Erik schaute Anders an. Keiner sagte ein Wort.

Wieder fuhr sich Herr Bloomquist mit den Fingern durchs Haar.

»Was wäre gewesen, wenn ich diese Butterfässer losgeschickt hätte? Wer hätte dann noch Butter bei uns gekauft?«

»Könnte es sein, dass irgendjemand etwas gegen Sie hat?«, fragte Erik. »Dass vielleicht irgendjemand einen Groll gegen Sie hegt?«

Herr Bloomquist zuckte die Schultern. »Ich

weiß es nicht. Ich habe mich auch schon gefragt, ob jemand mich ruinieren will. Aber ich habe keine Feinde. Ich bin erst seit November hier. Ganz gleich, wer die Butter verdorben hat: Er tat es in nur wenigen Minuten.«

»Wie meinen Sie das?«, fragte Kate.

»Wenn ich eine Ladung Butter fertig gebuttert habe, dann prüfe ich die Qualität. Gestern habe ich die Butter probiert und sie war genau richtig. Dann rief Gunnar Grimm mich zu sich. Als ich zurückkam, füllte ich die Fässer.«

»Sie waren also nur ein paar Minuten nicht bei der Butter?«, fragte Erik.

»Ja, nur ein paar Minuten. Ich nahm noch eine Probe von einem Farmer. In dieser Zeit kam jemand hinein, warf eine große Menge Salz in die Butter und butterte so lange, bis es daruntergemischt war.«

»Die Fässer, die Sie gerade gefüllt haben – die Butter darin ist gut?«, wollte Erik wissen.

»Diese Butter ist allerdings gut. Deshalb habe ich die Fässer verschlossen. Aber jedes Fass, das gestern gefüllt worden ist, war zu salzig.«

Da fiel Kate etwas ein. »Als Herr Anderson von einem Wettbewerb in der nächsten Woche sprach, was meinte er da?«

»Nächste Woche gibt es einen Wettbewerb. Das Gremium der Molkereien, das die Bewerber aussucht, will, dass ich daran teilnehme.«

»Gibt es einen Preis?«, fragte Anders.

»Die höchste Summe, die jemals von der Vereinigung der staatlichen Molkereien ausgesetzt wurde.« Herr Bloomquist nahm eine Zeitung und deutete auf einen Artikel.

Anders stieß einen Pfiff aus. »1139 Dollar und 40 Cent! Das ist eine Menge Geld.«

»Es wird unter den Gewinnern aufgeteilt. Wenn ich einer der Gewinner wäre, bekäme die Molkerei dadurch einen guten Namen.«

»Und das ist gerade jetzt wichtig für Sie«, meinte Erik. Er stand auf. »Anders und ich müssen zurück zur Arbeit.«

Kate hatte jedoch noch eine Frage. »Sollte diese Butter zu dem Wettbewerb gehen?«

Herr Bloomquist schüttelte den Kopf. »Nein, nach New York. Aber wenn einmal eine Ladung Butter verdorben wurde, dann kann es jederzeit wieder passieren. Es könnte sogar sein, dass wir es eine Zeit lang nicht bemerken.«

Kate fühlte sich gar nicht wohl. Wie konnte sie herausfinden, was sie wissen musste?

»Herr Bloomquist«, begann sie langsam, »Herr Fenton arbeitet doch für Sie, nicht wahr?«

»Zum Teil, um das Geschäft zu lernen. Er ist ein guter Arbeiter und weiß, was er tut. Gestern war er unterwegs, um Eis einzubringen.«

Mit Ausnahme von ein paar Minuten, dachte Kate, die sich daran erinnerte, dass sie Herrn Fenton in der Nähe des Butterfasses gesehen hatte. Kurz darauf musste Herr Grimm Herrn Bloomquist in sein Zimmer gerufen haben. Arbeiteten die beiden Männer zusammen? Oder hatte jemand anders die Butter versalzen?

»Wie steht es mit Herrn Grimm?«, erkundigte sich Anders, als würde er Kates Gedanken lesen. »Ich meine, Gunnar Grimm. Vertrauen Sie ihm?«

Herr Bloomquist fuhr zurück, als fühle er sich durch die Frage angegriffen. »Natürlich, er ist neu hier. Aber er ist vertrauenswürdig.«

Anders und Erik gingen zur Tür. Da rief Herr Bloomquist ihnen nach: »Der Mann, der gewöhnlich die Butter nach Grantsburg transportiert, hat die Grippe. Willst du morgen mit deinem Gespann fahren, Erik? Du könntest dir ein gutes Stück Geld verdienen.«

»Gut«, erwiderte Erik. »Heute ist der letzte Tag, an dem wir Eis einbringen. Die Männer, die wir vertreten haben, kommen zurück.«

Als Kate nach Hause kam, hatte Mama ihr neues Kleid zugeschnitten. Mit geschickten schnellen Fingern steckte sie die Teile zusammen. »Der Stoff ist sehr schön!«, sagte Mama zu Kate und nahm sie in ihre Arme, um sie zu drücken.

Kate bemerkte jedoch die Sorge in Mamas Blick. Lars hustete immer noch sehr schlimm. Wieder las Kate ihm aus dem Buch *Ruf der Wildnis* vor.

Während sie an diesem Abend ihre Arbeiten erledigten, erzählte Kate Anders, was sie am Tag zuvor gesehen hatte.

»Herr Grummel?«, fragte ihr Bruder. »Und LeRoy Fenton? Irgendwie tauchen diese beiden Männer immer wieder auf. Ich wünschte, ich könnte sie besser im Auge behalten.«

Am nächsten Morgen las Kate auf dem Weg zum Stall das Thermometer ab. Es waren 36 Grad unter null. Lange vor Sonnenaufgang melkten sie und Anders die Kühe. Nachdem Erik auf den Hof gefahren war, half er Anders, die Milchkannen auf den Schlitten zu laden.

Erik trug den langen Waschbärfellmantel seines Vaters. Eine warme Mütze bedeckte sein braunes Haar. Seine Stirn, seine Nase und sein Kinn hatte er in einen dicken Schal gewickelt, sodass nur noch seine Augen hinausschauten.

Da kam Lutfisk angestürmt. »Erik!«, sagte Anders zu Lutfisk und zeigte auf seinen Freund. Aber der Hund schaute Erik nur an und bellte.

»Er erkennt dich in dieser Kleidung nicht«, meinte Anders.

Erik zog einen Lederhandschuh aus und streckte Lutfisk die Hand entgegen. »Komm her, Lutfisk. Ich bin's, Erik.«

Wieder bellte der Hund. Anders zeigte auf Erik und sagte: »Geh zu Erik.«

Mit wedelndem Schwanz, aber immer noch vorsichtig, lief Lutfisk zu ihm hin. Erik ließ ihn an seiner Hand schnuppern.

»Guter Hund«, lobte Anders. »Wir wollen es noch einmal versuchen.« Als Anders schließlich damit zufrieden war, was Lutfisk gelernt hatte, begab er sich mit den anderen in die Küche. Während Erik sich am Herd aufwärmte, zogen Kate und Anders jedes warme Kleidungsstück über, das sie besaßen. Anders trug Papas langen Pelzmantel und Kate zog Anders' Lammfelljacke an. Sie reichte ihr bis weit über die Knie und das war genau das, was sie wollte.

Mama schaute ihnen zu, während sie ihre Wollhandschuhe überzogen. »Wenn die kalte Luft eure Gesichter länger als eine Minute berührt, friert eure Haut«, warnte sie. »Ihr fahrt also den weiten Weg bis Grantsburg?«

»Wir wollen nicht, dass du dir Sorgen machst, Mama.« Anders meinte es ernst. »Der Mann, der normalerweise die Butter transportiert, ist krank.«

Mama schüttelte den Kopf. »Seid bitte so vorsichtig wie nur möglich.«

»Das sind wir, Mama«, versprach Anders.

Kate wickelte einen Schal um ihr Gesicht und ließ nur einen Schlitz für die Augen frei. Sie nahm Ziegelsteine, die im Ofen gewärmt worden waren, und ging nach draußen.

»*Großartiger* Tag für einen Ausflug«, rief Erik, während er Kate folgte. Durch den Schal, der seinen Mund bedeckte, hörte seine Stimme sich gedämpft an. Er bewegte sich langsam in seiner schweren Kleidung, dennoch gelang es ihm, Kate auf den Sitz vorne im Schlitten zu helfen.

Erik stellte den Proviant hinten in den Schlitten. Mama hatte dafür gesorgt, dass sie unterwegs nicht verhungern würden. Obwohl das Essen in Decken gewickelt war, würde es gefroren sein, lange bevor sie nach Grantsburg kamen.

»Heute Nachmittag wird es wärmer werden«, rief Anders Mama zu, als er das Haus verließ. »Die Temperatur wird vielleicht sogar auf 23 Grad minus steigen!«

Die Jungen nahmen rechts und links von Kate Platz, und Erik schlug leicht mit den Zügeln. Barney und Beauty liefen los, wobei die Glöckchen an ihrem Geschirr klingelten.

Während der Fahrt nach Trade Lake färbte der Himmel sich zuerst rot, dann orange und schließlich golden. Als sie bei der Molkerei ankamen, kletterte Kate vom Schlitten, um sich aufzuwärmen.

Herr Bloomquist öffnete die Tür. LeRoy Fenton und Gunnar Grimm waren bei ihm. Die drei Männer rollten die 60-Liter-Fässer hinaus und Erik und Anders luden sie auf den Schlitten. Danach kamen alle herein, um sich am Dampfkessel aufzuwärmen.

»*God dag, god dag!*«, sagte Anders, während er seine Handschuhe auszog.

Kate blickte ihn von der Seite an. Ihr Bruder benutzte selten den schwedischen Gruß. Warum tat er es jetzt?

»Ein guter Tag, um nach Grantsburg zu fahren«, meinte Anders weiter.

Ein schwaches Lächeln ließ Herrn Fentons Gesicht entspannter erscheinen. Er setzte die Mütze ab, die sein sandfarbenes Haar bedeckt hatte.

Erik sah noch wachsamer aus als sonst. Kate fragte sich, ob er und Anders etwas planten.

»Wissen Sie, was ich an dieser Kälte liebe?«, fragte Anders. »Ich sehe so gern, wenn den Pferden der Dampf aus den Nüstern steigt. Das sieht dann aus, als würde ein Drache schnauben!«

Kate bemerkte, dass sich ein Mundwinkel von Herrn Grimm nach oben zog. Sie war überrascht. Anders hatte berichtet, dass der Mann immer genauso grimmig aussah, wie sein Name vermuten ließ.

»Aber wissen Sie, was das Beste von allem ist?«, fuhr Anders fort. »Wenn es so kalt ist, gehe ich gern zur Schule, um zu sehen, wer es nicht geschafft hat zu kommen.«

Auf dem Gesicht von Herrn Grimm erschien die Andeutung eines Lächelns. Doch so schnell, wie es kam, verschwand es auch wieder.

Habe ich mir das nur eingebildet?, zweifelte Kate. *Nein. Das glaube ich nicht.*

Anders fasste zusammen: »Jup, ein wirklich schöner Tag, um nach Grantsburg zu fahren!«

»Wenn es draußen minus 36 Grad sind, dann möchte ich am liebsten nach Hause«, meinte Erik.

»Nach Hause? Wo sind Sie zu Hause, Herr Fenton?«, fragte Anders.

Aha!, dachte Kate. *Darum geht es also.*

»Zu Hause? Im Osten«, antwortete Herr Fenton aalglatt. Dabei strich er sich über den Schnurrbart.

»Im Osten? Wo dort?«, fragte Anders schnell.

Die Trägheit war aus seiner Stimme verschwunden. »Aus welcher Stadt?«

Herr Fenton zögerte. »Philadelphia«, antwortete er schließlich. »Du weißt schon, ›die Stadt der brüderlichen Liebe‹.«

»Stimmt.« Anders wandte sich an Herrn Grimm. »Und Sie, Herr Grummel? Ich meine –« Anders wurde rot bis unter die Wurzeln seiner blonden Haare.

»Ja?« Herr Grimm hörte sich gefährlich ruhig an. Doch dann kehrte die Andeutung eines Lächelns in seine Augen zurück. »Sprichst du mit mir?«

Anders räusperte sich und fing noch einmal an: »Ja, Sir, ich spreche mit Ihnen, Sir. Haben Sie Familie?«

Jetzt ist er aber wirklich freundlich, dachte Kate.

»Ich wohne bei Reverend Pickle«, antwortete Herr Grimm mit seiner rauen Stimme.

»Sie sind auch neu hier?«, platzte Kate dazwischen. »Wie kommt es, dass alle, die Eis einbringen, neu hier sind?«

Aber es gab ihr niemand eine Antwort. Herr Grimm und Herr Fenton zogen ihre schweren Mäntel an und verließen den Raum.

»Ich muss zugeben, dass ich froh bin, dass diese Butter von hier fortkommt«, vertraute Herr Bloomquist Erik und Anders an. »Passt auf, dass die Fässer nicht gegeneinanderstoßen. Ich möchte, dass sie gut aussehen, wenn sie in New York ankommen. Und lasst euch am Zug eine Empfangsbestätigung geben.«

Minuten später lenkte Erik seine Pferde Richtung Grantsburg. Barney und Beauty trabten kräftig voran. Sie zogen den Schlitten, als wäre es überhaupt nicht anstrengend.

Bald verließen die Pferde die Straße und überquerten ein Feld. Im Winter ließen die Farmer ihre Tore offen. Die Leute nahmen dann Abkürzungen über Felder und durch den Wald, um auf dem kürzesten Weg zur Stadt zu kommen.

In jeder Hand einen Zügel, sprach Erik mit Barney und Beauty, und ihre Ohren drehten sich nach dem Klang seiner Stimme. Kate schaute Erik zu, wie er die Pferde führte. Sie dachte darüber nach, warum sie Erik mochte. Er schien immer auf sie zu achten. An ihrem Geburtstag hatte er sie überrascht.

»Du bist anders, Kate«, hatte er gesagt.

»Anders?« Kate war sich nicht sicher gewesen, was er damit meinte. »Bin ich schrecklich?« Sie hatte sich gefürchtet zu fragen.

»Anders als andere Mädchen. Besser«, hatte Erik erklärt. »Du bist etwas ganz Besonderes.«

In der eisigen Kälte wurde es Kate bei der Erinnerung an diese Worte warm ums Herz. Es machte nichts aus, dass Erik seltsam aussah, weil er gegen die Kälte so dick eingepackt war. Unter der dicken Kleidung, der warmen Mütze und dem Wollschal verbarg sich ein besonderer Freund.

Im Licht der frühen Morgensonne schimmerte die Kruste auf dem Schnee wie Eis. Kate atmete durch den Schal, der ihren Mund verdeckte, tief ein. Die Probleme zu Hause und in der Molkerei fielen von ihr ab. Es schien fast so, als hätte Kate alles nur geträumt. Fast, aber nicht ganz.

Jedes Mal, wenn sie in einen Wald fuhren, wurde ihr wärmer, denn dort waren sie vor dem Wind geschützt. Doch mittlerweile waren die Ziegelsteine unter ihren Füßen kalt. Ihre Zehen kribbelten, dann wurden sie taub. Erik hielt die Pferde an und forderte Kate auf, abzusteigen.

»Absteigen?«, fragte sie.

»Lauf oder du frierst ein. Du musst laufen, damit dir warm wird.«

Erik band die Zügel vorne am Schlitten fest und sprang zu Boden. Anders tat dasselbe.

»Vorwärts!«, rief Erik Barney und Beauty zu. Er, Anders und Kate vermieden den tiefen Schnee rechts und links und gingen stattdessen auf dem festgefahrenen Schnee hinter dem Schlitten her.

Wenn sie an einen Hügel kamen, kletterte Erik auf den Schlitten, nahm die Zügel und sorgte dafür, dass die Pferde nicht zu schnell liefen. Hin und wieder ließ er Kate fahren. Es dauerte nicht lange und alle liefen wieder. Als sie schließlich nach Grantsburg kamen, war Kate so kalt wie noch nie in ihrem Leben.

Auf einem Seitengleis des Bahnhofs wartete ein Kühlwaggon.

»Heute benötigen sie hier kein Eis«, meinte Erik, während er den Schlitten neben den Waggon lenkte. Er und Anders kletterten hinunter und begannen die Butterfässer in den Eisenbahnwaggon zu laden.

Kate brachte ihr Essen in den Bahnhof. Im Warteraum für Frauen stellte sie den Speisekorb neben den Kanonenofen, damit die Sandwichs auftauen konnten. Dann zog sie ihre Handschuhe aus, streckte ihre Hände aus und wärmte sie sich an dem Ofen.

Auf einer Holzbank saß eine Frau und tröstete ein weinendes Kind, indem sie hin und her schaukelte. Ein anderes kleines Kind hielt sich an der Mutter fest, während sie auf den Zug warteten.

Durch das große Fenster beobachtete Kate, wie Anders und Erik die schweren Butterfässer schulterten. Der Schlitten war fast leer, als Erik zum Eisenbahnwaggon zurückging. Er nahm ein Fass, das er abgestellt hatte, wieder hoch und schüttelte es.

Er schüttelt ein 60-Liter-Fass?, überlegte Kate. *Warum?* Sie konnte etwas so Schweres nicht einmal heben.

Erik stellte das Fass zur Seite und Anders lud den Schlitten fertig ab. Der Bahnhofsvorsteher kam zu ihnen, um die Butterfässer zu zählen. Dreizehn, vierzehn, fünfzehn.

Kurz darauf nahm Erik das mysteriöse Fass und folgte dem Bahnhofsvorsteher in den Bahnhof. Als Kate ebenfalls in das Büro kam, stellte der Mann eine Empfangsbescheinigung aus.

»Könnten Sie mir einen Hammer leihen?«, fragte Erik.

Nachdem der Vorsteher ihm einen Hammer ausgehändigt hatte, nahm Erik das Fass und sagte: »Kommt.« Kate und Anders folgten ihm nach draußen.

»Wo gehst du hin?«, fragte Kate. Die Jungen konnten nicht in den Warteraum für Frauen und sie durfte den Warteraum für Männer und Jungen nicht betreten.

Erik ging schnell am langen Bahnsteig zwischen dem Bahnhof und den Gleisen entlang. Als er zu einer großen Schiebetür kam, öffnete er sie. Anders und Kate folgten ihm in einen anderen Teil des Bahnhofs, den Frachtraum. Als Erik das schwere Fass hinstellte, schaute Kate sich um.

Im Licht, das durch die einen Spaltbreit geöffnete Tür hineinfiel, sah sie hölzerne Fässer und Kisten mit Fracht. Im Moment war niemand da, der sie beobachten konnte.

Erik brach einen Metallstreifen nach dem anderen auf. Als Anders den Deckel hob, schaute Kate neugierig hinein.

»Steine!«, rief sie aus. »Warum füllt jemand ein Butterfass mit Steinen?«

»Pssst!«, warnte Erik, der nicht riskieren wollte, dass irgendjemand sie hörte. Er nahm einen der Steine heraus.

Auf dem Boden des Fasses steckte senkrecht ein graues Buch. Ein graues Buch mit grünen Ecken. War es das gestohlene Kassenbuch?

Letzte Frist – Sonntag

Anders stieß einen leisen Pfiff aus. »Das muss das Kassenbuch der Molkerei sein!«

Ein Lächeln huschte über Eriks Gesicht und er zwinkerte Kate zu. Vorsichtig nahm er genügend Steine fort, um das große Buch hinausziehen zu können. Als er die Seiten umblätterte, sah Kate säuberlich geschriebene Namen und Zahlen.

»Wir haben es wirklich gefunden!«, jubelte Kate mit leiser Stimme.

Es dauerte nicht lange und sie zitterten in dem ungeheizten Frachtraum vor Kälte. Erik steckte das Buch wieder zwischen die Steine. Dann schloss er den Deckel, nagelte die Metallstreifen fest und stand auf.

»Ich bin gleich zurück«, sagte er leise und hob das Fass auf die Schulter. Seinen Augen sah man jedoch die Aufregung an.

Erik tat so, als sei nichts Wichtiges geschehen. Er schlenderte über den Bahnsteig und hinüber zum Schlitten. Nachdem er das Fass hineingestellt hatte, deckte er es mit einer schweren Pferdedecke zu. Dann führte er Barney und Beauty zum Mietstall jenseits der Gleise.

Als Erik zum Frachtraum zurückkehrte, traf er Kate und Anders gerade an der großen Schiebetür.

Anders sprach so leise, dass niemand auf dem Bahnsteig ihn hören konnte. »Wir müssen Big

Gust finden.« Er schob seinen blonden Haarschopf zurück.

»Lasst uns ein paar Minuten warten«, entgegnete Erik im Flüsterton. »Ich will kein Risiko eingehen.«

Gemeinsam beobachteten sie, wie weitere Männer mit ihren Pferden und Schlitten vor dem Kühlwaggon vorfuhren.

»Sie bringen die Butter von weit her«, erklärte Erik. »Sie kommen von Webster, Falun, Doctor Lake. Die West-Sweden-Molkerei lieferte sonst auch hierher. Jetzt verschicken sie ihre Butter auf Frederics neuer Soo-Linie.«

Kurz darauf stupste Anders Kate an. »Siehst du den Mann dort mit dem kleinen Schnurrbart? Das ist Oscar Thorssen. Er ist hier so eine Art berühmte Persönlichkeit. Er gewann 1898 den ersten Preis im staatlichen Wettbewerb von Nord-Wisconsin.«

»Für die Herstellung von Butter?«

»Jup. Als Herr Thorssen gewann, war er erst 24 Jahre alt.«

»Er hat von allen die meiste Butter«, erklärte Erik. »28 Fässer.«

Aus der Ferne hörte Kate einen Zug pfeifen. Der Blueberry Special! Wieder ertönte der Pfiff – diesmal näher, durchdrang er die eisige Luft.

Schon schnaufte die Lokomotive um die Kurve bei der Hickerson-Mühle. Schwarze Rauchschwaden stiegen aus dem langen Schornstein. Zischend ließen die Bremsen Dampf ab. Eisen quietschte auf Eisen, und der Zug kam zum Stehen.

In der eisigen Kälte trennten die Bahnarbeiter schnell die Lokomotive von den Güter- und Personenwaggons. Die Lokomotive fuhr weiter und setzte dann zurück auf ein anderes Gleis.

Kate stampfte in der Kälte mit den Füßen. Sie lehnte sich nach vorne, um alles zu beobachten. Die Lokomotive fuhr jetzt auf ein Gleisstück, das sich über einer leichten Vertiefung befand. Mit langen Hebestangen schoben zwei Männer einen Halbkreis beschreibend den Schienenstrang herum, bis die Lokomotive wieder in der Richtung stand, aus der sie gekommen war.

Kate lachte, als sie sich daran erinnerte, wie sie zum ersten Mal die Drehscheibe gesehen hatte. »Genau wie Mama sagt: Dieser Blueberry Special ist wirklich etwas Besonderes!«

Aber Anders hörte nicht zu. Er schien mit seinen Gedanken weit weg zu sein, während er auf den Kühlwaggon starrte. Schließlich schlossen die Bahnarbeiter mit einem Ruck die Tür und kuppelten diesen Waggon an den restlichen Zug. Erst dann schaute Anders fort.

»Ich sehe nirgendwo Big Gust«, stellte er fest.

Gust Anderson, ein 2,28 Meter großer Schwede, war der Dorfmarshal. Weil er so groß war, wohnte der Marshal in der Feuerwehrstation. Er hatte Kate und Anders schon bei mehr als einer Gelegenheit geholfen.

»Ich behalte den Zug im Auge, bis er abfährt«, bot Erik sich an.

Als der Blueberry Special zur Abfahrt pfiff, kehrte Anders zurück und berichtete: »In der Feuerwehrstation ist er nicht.«

Er fragte den Bahnhofsvorsteher, wo sie Big Gust finden könnten, und dieser antwortete: »Meistens isst er bei Walfrid Johnson.«

Kate, Anders und Erik begaben sich nach draußen. Die Luft schien wärmer zu sein. Während sie auf das in kurzer Entfernung gelegene Gebäude zugingen, begann es zu schneien.

Sobald sie sich allein auf der Straße befanden, meinte Anders: »Was für ein seltsames Versteck für ein Kassenbuch!«

Erik grinste von einem Ohr zum anderen. »Der Dieb hätte es nach New York geschickt!«

»Wie hast du gemerkt, dass dieses Fass anders ist als die anderen?«, fragte Kate.

»Es wog fast genauso viel«, erklärte Erik. »Aber als ich das Fass absetzte, hörte ich ein Geräusch. Ich vermute, dass ein Stein gerollt ist. Es war so kalt, dass wir ziemlich schnell arbeiteten. Ich hätte es gut überhören können.«

»Drei Männer haben euch geholfen, die Butter aufzuladen«, überlegte Kate. »Herr Bloomquist, Herr Fenton und Herr Grimm. Wer von den dreien hat das Kassenbuch in das Fass gesteckt?«

»Nicht Herr Bloomquist«, sagte Erik. »Es würde seinem Ruf schaden, wenn er so etwas täte.«

Kate stimmte ihm zu. Sie mochte den Leiter der Molkerei mittlerweile gut leiden. »Er hat gestern nicht geschauspielert. Er war wirklich sehr aufgebracht.«

»Das heißt, es bleiben zwei übrig – der grummelige Grimm und LeRoy Fenton«, erklärte Anders. »Ich wette, es ist Herr Grimm. Habt ihr gemerkt, wie er meinen Fragen ausweicht? Das tat er auch jedes Mal, wenn wir zusammengearbeitet haben. Was hat er zu verbergen?«

Aber Kate schüttelte den Kopf. »Ich glaube, es ist LeRoy Fenton.« Sie schaute zu Erik. »Was meinst du?«

Sie kamen zu einem großen Holzgebäude und Erik grinste. »Ich glaube, es könnte der eine oder der andere sein.«

Walfrid Johnson besaß im Erdgeschoss eine Schmiede. Seine Familie wohnte im oberen Stockwerk. Anders führte Kate und Erik über die Treppe außen an der Wand nach oben.

Eine kleine Frau mit warmherzigem Lächeln öffnete die Tür. »Kommt herein, kommt herein. Heraus aus der Kälte.«

Um einen großen rechteckigen Tisch im Esszimmer saßen mehrere Personen. Big Gust war einer von ihnen. Neben ihm stand eine Frau, die das Essen servierte. Obwohl Gust auf einem Stuhl saß, war er genauso groß wie die Frau, die neben ihm stand.

Als er Kate und die Jungen erblickte, rief er: »*God dag!*«

Er schaute auf Kate hinunter, die näher herankam, und fragte: »Na, kleines Mädchen? Was kann ich für dich tun?«

»Ich bin kein kleines Mädchen!«, entgegnete Kate und warf ihren langen Zopf über die Schulter. »Auch nicht, wenn ich klein für mein Alter bin!«

Tief aus Big Gusts Brust ertönte sein donnerndes Lachen. »Du hast recht, junge Dame. Genauso wie ich kein großer Mann bin! Aber was kann ich für dich und diese großen Jungs da bei dir tun?« Er zwinkerte Anders und Erik zu.

»Wir müssen mit Ihnen reden«, erklärte Anders.

Das Lächeln des Marshals verschwand. »Eine Minute«, meinte er. Er schüttete seinen Kaffee in eine andere Tasse und ließ ihn abkühlen. Sobald er mit dem Essen fertig war, richtete er seine große Gestalt auf und erhob sich.

Kate hatte Big Gust schon ein halbes Dutzend Mal gesehen, aber sie war auch jetzt wieder von seiner Größe überrascht. Seine großen Hände und Füße passten zu seiner Körpergröße.

Big Gust schlüpfte in seinen blauen Mantel und ging die Außentreppe hinunter. »Hier ist es zu kalt zum Reden«, meinte er. Er ging ihnen voran in die Feuerwehrstation.

Dort machte Big Gust es sich auf einem übergroßen Stuhl bequem. »Wo brennt's denn?«, fragte er mit seinem tiefen Lachen. »Irgendwie zieht ihr Probleme an, wie der Honig die Bienen.«

Nachdem Kate und die Jungen sich gesetzt hatten, beugte Big Gust sich vor, um zuzuhören.

»Das ist nicht gut«, meinte er schließlich. »Mit wem ihr unbedingt sprechen müsst, ist Sheriff Charlie Saunders. Aber er ist heute nicht da. Ihr sagt, Andrew Anderson Nummer 3 hat schon mit ihm gesprochen?«

Anders nickte. »Aber Herr Anderson befindet sich in North Branch. Er weiß noch nicht, was gerade erst geschehen ist.«

Big Gust rieb sein großes Kinn. »Das Schlimmste an der Sache ist, dass wir in dieser Jahreszeit mächtig stürmisches Wetter bekommen können. Wenn ihr mehr herausfindet und ein schlechter Wind einsetzt, werdet ihr nicht in der Lage sein, in die Stadt zu kommen, um Hilfe zu holen.«

Die blauen Augen des Marshals schauten nachdenklich. »Ich weiß, was ihr tun könnt. Wenn ihr den Sheriff nicht erreicht, dann geht zu Reverend Pickle.«

»Dem Pfarrer von Trade Lake?«, fragte Erik.

Big Gust nickte. »Genau den meine ich. Es vergeht kaum eine Woche, in der er keine Hochzeit oder Beerdigung hat. Er kommt jetzt langsam in die Jahre, aber als junger Mann war er ein Detektiv.«

»Reverend Pickle?«, fragte Anders erstaunt.

»Jo, genau«, erwiderte der Marshal. »Reverend Pickle. Wenn ihr Hilfe braucht, wird er wissen, was zu tun ist.«

Bevor sie gingen, griff Big Gust in seine großen Taschen und holte Erdnüsse hervor. »Öffnet eure Hände«, forderte er sie auf und füllte zuerst Kates Hände, dann Anders' und Eriks.

Bevor sie zur Tür hinausgingen, gab Big Gust ihnen noch eine Warnung mit auf den Weg. »Ganz gleich, wer der Dieb ist: Seid vorsichtig! Es sieht so aus, als ob es ein übler Bursche ist.«

Anders, Kate und Erik kehrten zum Bahnhof zurück, aßen ihr Mittagessen und kletterten dann wieder auf den Schlitten. Während Barney und Beauty sich auf den Weg aus Grantsburg heraus machten, wirbelte ihnen Neuschnee um die Ohren.

»Ich habe nachgedacht«, begann Kate.

»Nachgedacht?«, fragte Anders.

Kate beachtete ihn nicht. »Ich glaube, Herr Grimm ist ein anderer, als er zu sein vorgibt.«

Anders sah aus, als wollte er sich über alles, was sie sagte, lustig machen, aber Erik hörte zu.

»Gut? Schlecht? Was meinst du mit *anders*?«, fragte Erik.

»Ich weiß nicht.« Kate überlegte immer noch. »Ich glaube einfach, er ist nicht das, was er zu sein scheint.«

Anders lachte, aber Kate fuhr fort: »Wer auch immer der Dieb ist, warum schickt er das Kassenbuch nach New York?«

»Was hätte er sonst damit tun können?«, fragte Erik. »Der Boden ist gefroren, also kann er es nicht vergraben. Um es in einer Milchkanne zu verbergen, ist es zu groß.«

»Was wäre geschehen, wenn er es in ein Loch im Eis gesteckt hätte?«, fragte Kate. »Wäre es im Frühling ans Ufer geschwemmt worden?«

»Wer der Dieb auch ist, er ist ziemlich schlau«, meinte Erik langsam. »Er hat sich alles gut überlegt.«

»Da ist noch etwas, was mir Sorgen macht«, erklärte Kate. »Meint ihr nicht auch, dass der Dieb uns ein Zeichen gegeben hat? Er hat das Kassenbuch nach New York geschickt, wo es auf jeden Fall gesehen worden wäre. Bedeutet das nicht, dass er bereit ist, Trade Lake zu verlassen?«

Das Grinsen verschwand auf Anders' Gesicht. »Ich verstehe!«, rief er aus. »Das Kassenbuch wäre am Montagmorgen in New York angekommen. Zumindest ist das der Zeitpunkt, wo sie die Fässer zum Markt bringen.«

»Und wenn jemand dieses Fass geöffnet hätte …« Kate zog ihren Schal hoch, um ihr Gesicht vor der Kälte zu schützen. »… hätte es jede Menge Ärger gegeben!«

Während sie ein gerodetes Feld überquerten, wirbelten Schneeböen um sie herum und bedeckten den festgefahrenen Weg. Wenn Barney und Beauty in die Schneewehen liefen, sprühte der Schnee gegen ihre Vorderbeine. Aus ihren Nüstern stieg der Atem empor.

Erik ließ die Pferde ihr eigenes Tempo finden. »Ein Kassenbuch in einem Butterfass ist wirklich seltsam. Wer es gefunden hätte, würde wahrscheinlich keine Zeit mit Briefeschreiben verschwendet haben. Er hätte vielleicht sogar ein Telegramm zum Bahnhof von Grantsburg geschickt.«

»Der Dieb weiß das«, meinte Kate. »Er hat sich auch alles andere gut überlegt.«

»Ausgenommen, dass er Steine in ein Butterfass gepackt hat.« Erik grinste. »Wäre ich an seiner Stelle gewesen, ich hätte Sägemehl mit hineingefüllt, um das Geräusch zu dämpfen.«

Anders spottete nicht mehr. »Wenn unsere Überlegungen stimmen, verlässt der Dieb Sonntagnacht die Stadt.«

»Das heißt, wir haben nur vier Tage Zeit, ihn zu entdecken«, erklärte Kate. »Oder wir finden vielleicht nie heraus, wer es ist!«

Dünnes Eis!

Das heißt auch, wir haben nur noch vier Tage, um die Milchkanne zu finden«, sagte Erik.

Anders machte ein finsteres Gesicht. »Oder der Dieb nimmt die Schecks mit, wenn er verschwindet. Wenn er in eine Stadt geht, in der ihn niemand kennt, kann er sie vielleicht sogar einlösen.«

In jeder Hand einen Zügel, lenkte Erik die Pferde auf einen Weg durch die Wälder. Die Bäume boten einen willkommenen Schutz gegen den Wind. Trotzdem kribbelten Kates Finger vor Kälte und wurden taub. Es dauerte nicht lange und sie kletterten wieder alle vom Schlitten, um hinter ihm herzugehen.

»Was machen wir mit dem Kassenbuch?«, fragte Kate.

»In die Molkerei können wir es nicht bringen.« Davon war Anders überzeugt. »Der Dieb würde es einfach noch einmal stehlen. Lasst uns warten, bis Andrew Anderson zurückkommt. Dann können wir ihn fragen.«

Gemeinsam beschlossen sie, dass Anders das Butterfass in der Scheune der Windy Hill Farm verstecken sollte.

»Etwas wissen wir immer noch nicht«, stellte Erik fest. »Warum will jemand mit Herrn Bloomquist eine Rechnung begleichen?«

Kurz darauf kletterten sie wieder auf den Schlitten. Kate kroch hinten unter eine schwere Pferdedecke. Ihr war schrecklich kalt und ihre Gedanken waren genauso elend, wie sie sich fühlte. Jeder, der von dem Diebstahl wusste, hatte sie gewarnt – und das aus gutem Grund.

Als sie schließlich zum Briefkasten der Nordstroms kamen, verkündete Anders: »Ein Brief für dich, Kate!«

Wie eine Schildkröte, die aus ihrem Panzer hervorkommt, steckte Kate ihren Kopf unter der Decke hervor. Ein Brief nur für sie? Papas Handschrift! Er musste ihn am selben Tag geschrieben haben, an dem er ihren Brief erhalten hatte. Trotz des beißenden Windes wurde Kate ganz warm.

»Ich komme morgen vorbei«, sagte Erik, als er vor der Scheune der Nordstroms anhielt. »Wir suchen dann weiter nach der Milchkanne.«

»Und wir werden sie finden!«, erklärte Anders. Er nahm das Butterfass auf die Schulter und ging auf die Scheune zu. Dann drehte er sich noch einmal zu Erik um. »Lass Lutfisk auf dem Weg nach Hause hinter dir herlaufen. Morgen früh werde ich versuchen, ihn mit einer Nachricht zu dir hinüberzuschicken.«

Als Kate die Küche betrat, spürte sie ihre Füße nicht mehr. Sie zog ihre Stiefel aus und kuschelte sich neben dem Ofen zusammen. Schließlich wurden ihre Zehen wieder warm – sie prickelten, als ob tausend Nadeln darin stechen würden.

Mit ihren durch die Kälte noch immer ungeschickten Fingern öffnete Kate ihren Brief. Papa hatte in Englisch geschrieben, mit einer kräftigen, deutlichen Schrift.

Als Mama, Anders und Tina sich um sie drängten, dachte Kate an Lars. »Lasst uns den Brief lesen, wo er es auch hören kann«, schlug sie vor.

Im Schlafzimmer begann Kate zu lesen.

Liebe Kate,

danke für Deinen Brief. Es ist gut für einen Vater, von seiner Tochter zu hören. Ich vermisse Dich sehr.

Erinnerst Du Dich daran, wie wir Weihnachten über die großen Holzladungen gesprochen haben, die die Schlitten befördern? Diese Woche habe ich gesehen, wie ein Schlitten 56 riesige Baumstämme transportiert hat. Das sind 37 120 Fuß Bauholz!

Du wirst Dich vielleicht fragen, wie vier Pferde es fertigbringen, eine solche Last zu ziehen. Im vergangenen Herbst haben Männer in den Wäldern eine Eisstraße gebaut. Wochenlang haben sie Wasser geschleppt, um die Straße dreißig Zentimeter dick zu bekommen. Anschließend haben andere Männer Furchen in das Eis gehauen. Die Kufen der Schlitten gleiten in diesen Furchen. An den Hügeln legen die Männer Stroh auf das Eis, um die Schlitten zu bremsen, damit sie nicht in die Pferde hineinfahren.

Kate blickte auf. »Darum hatte Erik den Unfall! Auf der Straße hätte Stroh liegen müssen! Dann wäre die Ladung vielleicht nicht verrutscht.«

Sie las weiter:

Als ich nach Weihnachten zurückkam, erhielt ich eine neue Arbeit. Jetzt bin ich das, was man einen Wassertankfahrer nennt. Ich arbeite nachts und bessere die Eisstraße aus. In unserem Camp haben wir zwei Schlitten mit Tanks. Ich benutze den kleineren von beiden.

Unsere Pferde Dolly und Florie helfen mir, Wasserfässer eine Gleitkufe hinaufzuziehen, um die Tanks zu füllen. Danach fahre ich die Straße hinauf und hinunter. Wo das Eis dünn ist oder Erde durchkommt, hebe ich lange Stangen hoch, um die Löcher im Tank zu öffnen. Dann läuft Wasser hinaus und füllt die schlechten Stellen aus. Das Wasser friert und die Straße ist wieder in Ordnung.

Um im Dunkeln sehen zu können, zünde ich Fackeln an den Ecken des Wassertanks an.

Dann gelangte Kate an eine freie Stelle. War das Papier feucht geworden und dann trocken gewischt worden? Kate warf einen kurzen Blick auf das Geschriebene, das dort folgte, und las nicht weiter vor. »Das ist nur für mich«, sagte sie schließlich.

Sie faltete den Brief zusammen und nahm ihn mit in ihr Zimmer, wo sie allein sein konnte. Sie wickelte sich in eine Steppdecke und kauerte sich auf das Gitter, das von unten die Wärme vom Ofen hineinließ. Dann las sie die letzte Seite des Briefs noch einmal.

Als meine erste Frau, Anna, starb, war ich sehr traurig. Ich wusste nicht, dass Gott noch etwas für mich bereithatte, das mich erfreuen sollte. Du hast um einen Vater gebetet und wusstest nicht, dass ich es sein würde. Als ich Deine Mama geheiratet habe, wurdest Du meine neue, ganz besondere Tochter.

Ich kann niemals den Platz deines Vatis O'Connell einnehmen. Ich möchte, dass Du Dich an ihn erinnerst und daran denkst, was für ein feiner Mann er war. Gleichzeitig empfinde ich es aber auch als eine Ehre, Dein zweiter Vater zu sein.

Wenn Du Angst hast, dann denk daran, dass Du auch einen himmlischen Vater hast. Er hat Dir etwas versprochen: »Fürchte dich nicht, ich bin mit dir, weiche nicht, denn ich bin dein Gott. Ich stärke dich, ich helfe dir auch, ich halte dich durch die rechte Hand meiner Gerechtigkeit« (Jesaja 41,10).

Auch wenn ich nicht bei Dir sein kann, Dein himmlischer Vater ist da.

In Liebe für meine ganz besondere Tochter,
PAPA

Kate starrte auf die Worte ihres Vaters. »*Wenn Du Angst hast …« Woher wusste er das?* Sie hatte versucht, ihm etwas zu schreiben, was ihm Freude machen würde, statt ihm zu erzählen, wie oft sie sich fürchtete.

Lange Zeit hielt sie den Brief fest und dachte über

den Bibelvers nach. *Fürchte dich nicht, ich bin mit dir.* Mit jeder Wiederholung der Worte fühlte sie sich besser. Ihr wurde sogar ganz warm ums Herz.

Obwohl sie Papa nicht erzählt hatte, wie sie sich fühlte, hatte er es irgendwie gewusst. Kate spürte, dass Gott selbst es war, der sich um sie kümmerte.

Als Kate den Brief am nächsten Morgen noch einmal las, fand sie ein kleines Stück Papier, das in den Umschlag gerutscht war. Darauf stand:

PS: Am 31. Januar breche ich nach Hause auf.

Kate rannte die Treppe hinunter, um es Mama zu erzählen. »Papa bricht am 31. Januar nach Hause auf! Das ist heute!«

Mama lächelte und ihre Augen strahlten. »Das ist früher, als ich erwartet habe. Viele Männer arbeiten länger.«

Mittags zeigte das Thermometer 8 Grad unter null an. Im Vergleich zu den niedrigen Temperaturen vom Vortag war das Wetter mild und warm.

Nach dem Mittagessen kam Erik auf seinen Skiern angefahren. Er hielt ein Stück Papier hoch. »Lutfisk hat's geschafft! Ich habe eure Nachricht bekommen!«

Der Hund, der zu wissen schien, dass man über ihn sprach, sprang hoch, um die Aufmerksamkeit auf sich zu lenken.

Anders lächelte stolz. »Wir werden ihn immer zu dir schicken, wenn wir dich brauchen.« Er kniete sich hin und kraulte Lutfisk hinter den Ohren.

Der Hund bellte und leckte seinem Herrchen das Gesicht.

Kate und die Jungen beschlossen, an diesem Tag noch zwei Seen zu untersuchen, an denen sie bisher noch nicht gewesen waren. Anders nahm eine lange Stange und dann fuhren sie auf ihren Skiern los. Jedes Mal, wenn sie ein Loch im Eis entdeckten, schöpften sie neue Hoffnung. Anders und Erik stocherten mit der Stange im Wasser herum und suchten nach der Milchkanne.

Während sie zum zweiten See fuhren, begann es leicht zu schneien. Schon bald waren die dunklen Zweige mit einer weißen Schicht aus Schnee bedeckt. Als sie schließlich ihre Suche beendeten, trugen die Nadelbäume ein neues Kleid.

Anders seufzte. »Schön, wir haben unser Bestes getan.« Er sah entmutigt und durchgefroren aus. »Das ist der letzte See, der in der Nähe liegt. Vielleicht sollten wir von vorne beginnen.«

Erik schüttelte den Kopf. »Nicht heute. Es kommt Wind auf.«

»Lasst uns zum Little Trade Lake fahren«, meinte Anders.

Kate hatte ein ungutes Gefühl. »Das bringt uns aber vom Weg ab.« Sie würden einige Zeit brauchen, um zur Windy Hill Farm zurückzukommen, und Eriks Haus lag noch weiter entfernt.

Kate schnallte ihre Skier an und fuhr los. Erik kam hinterher, doch Anders war noch nicht bereit aufzugeben.

»Wir müssen sowieso über den Rice Lake«, erklärte er, »lasst uns dort noch einmal nachsehen.«

Als sie das südwestliche Ende des Sees erreichten, folgten sie dem Pfad, der durch das Sumpfgebiet führte. Während sie quer über den See fuhren, übernahm Erik die Führung. Kurz darauf zeigte er nach rechts. »Dort drüben ist etwas! Seht ihr die Markierungen?«

Etwa 15 Meter vom Ufer entfernt waren vier kleine Kiefern in den Schnee gesteckt worden. Eine dünne, neue Eisschicht bedeckte ein großes Loch.

Kate nahm ihre Skier ab und ging so nah an das Loch, wie es noch sicher war. Stellenweise lag schon neuer Schnee auf dem Eis, sodass man schwer etwas erkennen konnte.

Erik stieß mit der langen Stange gegen das Eis und durchbrach es. Kate spähte in das Wasser und glaubte, etwas schimmern zu sehen. Befand sich dort nicht etwas dicht unter der Oberfläche?

»Ist das eine Milchkanne?«, fragte sie.

»Könnte sein.« Erik wagte es kaum zu hoffen. Er und Anders stocherten abwechselnd mit der Stange im Wasser herum. So sehr sie sich auch bemühten – die Stange reichte nicht weit genug.

Schließlich fuhr Erik um das dünne Eis herum und danach zum Ufer. Kate und Anders fuhren hinterher.

Bei einer großen Eiche zog Erik seine Handschuhe aus und griff nach einem stabilen Ast, der über das

Ufer des Sees ragte. Er zog sich hinauf und kroch nach außen, um besser sehen zu können.

Ein paar Sekunden lang starrte er in das dunkle Wasser. »Dort!«, rief er schließlich. »Dort schimmert Metall im Wasser. Das könnte eine Kanne sein!«

Anders und Kate, die am Ufer standen, gingen ein Stück vor, um zu sehen, was Erik meinte. Schon zeigte Anders in die Mitte des Eislochs. »Jup! Das ist es! Siehst du den runden Kreis? Sieh genau hin. Ist das nicht ein Metallring?«

Erik rutschte auf dem Ast noch weiter nach außen. »Das ist wirklich die untere Seite einer Milchkanne. Sie schwimmt auf dem Kopf, genau wie letztes Mal.«

»Wir haben sie gefunden!«, jubelte Kate.

»Worauf du wetten kannst!« Anders machte noch einen Schritt nach vorn, um besser sehen zu können.

»Wir haben es wirklich geschafft!«, erklärte Kate und wollte auf das Eis hinaus.

Anders streckte seinen Arm aus und hielt sie zurück. »Wir haben noch nicht alles geschafft!«

»Wie können wir die Kanne dort herausbekommen?«, fragte Kate.

»Genau das ist das Problem.« Wieder schaute Anders in das kalte Wasser. »Beim letzten Mal hatten wir festes Eis, auf dem wir stehen konnten. Diesmal nicht.«

»Die Kanne befindet sich in einer Linie mit dem Baum«, rief Erik herunter. »Sie ist fast genau in der Mitte des Lochs. Auf jeder Seite sind wenigstens drei Meter dünnes Eis.«

»Wie hat der Dieb sie dorthin bekommen?«, fragte Kate.

»Wahrscheinlich hat er sie geworfen.« Anders' Stimme hörte sich entmutigt an. »Wir haben es hier mit keinem Amateur zu tun. Er hat gut gezielt, um sie dort zu landen.«

Erik kroch langsam auf dem Ast zurück. Dicht am Baumstamm hielt er an und zog etwas von einem kleinen spitzen Zweig. Nachdem er es in die Tasche gesteckt hatte, kletterte er ganz herunter.

Als er zu Kate und Anders kam, zeigte er ihnen seinen Fund – ein kleines Stück Stoff.

»Teils rot, teils schwarz!«, rief Kate aus.

Erik nickte. »Siehst du die ausgefransten Ränder? Sieht so aus, als wäre das Stück von einer Jacke abgerissen worden.«

»Also war der Dieb vor dir auf dem Baum!«

»Ich denke schon.« Erik schob seine Mütze zurück. »Ich stelle mir das so vor: Er hat die Kanne in das Loch geworfen und dann überprüft, ob sie an der richtigen Stelle gelandet ist.«

»Also müssen wir nichts weiter tun, als nach einer rot-schwarz karierten Jacke Ausschau zu halten«, meinte Kate. »Das hört sich ziemlich einfach an.«

»Wäre da nicht eine Sache«, entgegnete Anders.

»Und die wäre?«

»Furchtbar viele Männer in Burnett County tragen rot-schwarz karierte Jacken!«

Kate seufzte. Sie wusste: Anders hatte recht. Die beiden Männer, die sie am meisten verdächtigten

– Gunnar Grimm und LeRoy Fenton –, hatten beide eine solche Jacke.

Trotzdem gab das Stück Stoff einen kleinen Hinweis. »Nicht jeder Mann trägt eine *zerrissene* rot-schwarz karierte Jacke«, erklärte Kate.

Sie ging zum Eisloch zurück und schaute noch einmal auf den Metallring dicht unter der Wasseroberfläche. »Gibt es keine Möglichkeit, dass wir die Kanne herausbekommen könnten?«

»Nicht, solange das Eis so dünn ist«, erklärte Anders. »Ein falscher Schritt und wir würden einbrechen.«

»Dann müssen wir Hilfe holen«, meinte Kate, »und zwar sofort, bevor es noch stärker schneit.«

Kate, Anders und Erik schnallten ihre Skier an und fuhren los, diesmal nach Trade Lake. Erik übernahm wieder die Führung und folgte ihren Spuren von vorher.

Während sie den Rice Lake überquerten, spürte Kate den Wechsel des Wetters. Windböen erfassten den neuen Schnee und wirbelten ihn durch die Luft. Wie kleine Sandkörner schlugen die Schneeflocken ihr ins Gesicht. Wenn das Wetter so blieb, würden sie die Molkerei nicht erreichen.

»Erik!«, rief Kate laut, gegen den Wind. »Erik!«

Aber der Wind fegte ihre Worte davon. Sie wusste nicht, ob Erik sie hörte.

Lars' Frage

Den Kopf tief gegen den Wind gebeugt, kämpfte Kate darum, mit Erik Schritt zu halten. Am südwestlichen Ufer des Sees waren ihre vorherigen Spuren fortgeweht. Erik fuhr weiter, mied den Bach und fand den Pfad. Als sie in den Schutz der Bäume gelangten, hörte der Wind auf.

Kate atmete tief durch. Sogar hier hatte der Schnee sich aufgetürmt. Der Wald war dunkel und der Himmel durch den fallenden Schnee grau.

Sie kamen wieder aus dem Wald heraus und der weiße Wind pfiff über das offene Feld. Während der Fahrt biss der Schnee in Kates Wangen. Ihre Augen tränten, aber sie wollte nicht aufgeben. Sie wickelte sich den Schal enger ums Gesicht und fuhr weiter.

Einige Minuten später hielt Erik an. »Wir erreichen vielleicht Trade Lake. Aber wenn wir so weit fahren, kommen wir nicht mehr nach Hause. Dort werden sie sich fragen, was mit uns passiert ist.«

»Mama weiß, dass wir in der Lage sind, aus einem Sturm herauszukommen«, meinte Anders.

»Mama wird sich Sorgen um uns machen«, erwiderte Kate. »Und Eriks Mutter wird sich Sorgen um Erik machen.« Auch Eriks Vater von zu Hause fort, um in einem Holzfällercamp zu arbeiten.

»Wenn wir jetzt keine Hilfe holen, friert das Loch wieder zu«, erklärte Anders. »Der Dieb kann dann zurückkommen, die Kanne nehmen und die Stadt verlassen.«

Anders hatte recht, Kate wusste das. Doch als sie den Mund öffnete, um ihm zuzustimmen, wurde sie von einer Windböe erfasst. Sie schwankte ein wenig, dann fing sie sich wieder.

»Ich hole Hilfe«, sagte er zu Kate. »Du und Erik fahrt nach Hause. Sag Mama, dass ich in Sicherheit bin.«

»Nein!«, widersprach Erik. »Der Sturm wird von Minute zu Minute schlimmer. Wenn du vom Weg abkommst, verpasst du vielleicht die Stadt.«

»Und was ist, wenn dein schwacher Knöchel nicht mehr mitmacht?«, fragte Kate. »Dann ist niemand da, der dir helfen kann.«

Anders seufzte. Er wehrte sich dagegen, aufzugeben. »Wir bleiben zusammen«, erklärte Kate. »Das heißt: Wir fahren nach Hause.«

Sie und Erik drehten um und fuhren in Richtung Windy Hill Farm los. Nach einer kurzen Strecke schaute Kate zurück. Anders stand immer noch an seinem Platz und versuchte, einen Entschluss zu fassen. Durch das Wirbeln des Schnees verschwand er langsam vor Kates Augen.

»Komm schon, Anders«, rief Kate gegen den Wind. Anders hörte sie. Er stieß sich ab und folgte Kate.

Bis der Sturm aufhörte, bedeckten wahrscheinlich Schneewehen die kleinen Markierungsbäume. Das Loch im Eis würde zufrieren und die Milchkanne verbergen. Würden sie in der Lage sein, sie wiederzufinden?

Sie hielten kurz an, mit dem Gesicht zur großen Eiche. Durch den treibenden Schnee starrte Kate in Richtung Ufer.

»Ein Ast reicht über das Wasser«, bemerkte sie schließlich. Aber war das genug? Weitere Bäume säumten das Ufer. Könnten sie einen davon mit der großen Eiche verwechseln?

»Kiefern«, stellte sie fest und zeigte auf die Bäume. »Eine steht links von der Eiche. Mehrere andere rechts davon.« Sie prägte sich die Entfernung ein, um sich die Stelle zu merken.

Erik nickte und auch Anders. Dann nahmen sie die kürzeste Strecke und machten sich auf den Heimweg. Der Wind riss an ihrer Kleidung und sie beugten sich tief nach vorne, während sie weiterfuhren.

Schon bald verband sich der fallende Schnee mit der Dämmerung, die im Winter so früh einsetzt. Kate verlor Erik aus den Augen. Sie folgte jedoch seinen Skispuren und holte ihn wieder ein. Auch Anders beeilte sich. Die Kappe, die er normalerweise in einem kecken Winkel trug, hatte er tief in die Stirn gezogen.

Als sie den Abhang hinaufliefen, rutschte Anders und stolperte. *Sein Knöchel,* dachte Kate sofort. *Was ist, wenn er sich wieder dort verletzt?* Doch Anders fing sich wieder. Er folgte ihr dicht auf den Fersen, als wollte er sichergehen, dass Kate den Weg nicht verfehlte.

Das Farmhaus oben auf dem Hügel verschwand fast im wirbelnden Schnee. Dann sah Kate einen Lichtschein. Mama hatte drei Kerzen ins Fenster gestellt. Ihre Wärme reichte hinaus durch Wind und Kälte.

Drei, dachte Kate. *Eine für Anders. Eine für mich. Ist die dritte für Erik?*

Dann fiel es Kate wieder ein. Es war der 31. Januar. Heute war Papa nach Hause aufgebrochen. Befand er sich irgendwo in diesem furchtbaren Sturm?

Während des Essens war Kate todmüde vom Skilaufen, aber Mama sah noch erschöpfter aus. Den ganzen Nachmittag hatte sie an dem neuen blauen Kleid genäht. Da Lars krank war, bekam sie oft nicht genug Schlaf.

»Ich lese ihm etwas vor«, meinte Kate zu Mama, nachdem sie das Geschirr gespült hatte.

Wieder schlug sie die Seiten des Buches *Ruf der Wildnis* auf. Jeden Tag hatten sie und Lars die Abenteuer des starken Hundes Buck verfolgt. Aber jetzt waren sie fast am Ende des Buches angekommen.

Als Kate das letzte Kapitel zu Ende gelesen hatte, lag Lars mit geschlossenen Augen im Bett, als wäre er zu müde, um sie offen zu halten. Doch Kate wusste, dass er nicht schlief.

Schließlich sagte er: »Kate?«

Seine Stimme war so leise, dass sie sich vorbeugte. »Ich bin hier.«

»Kate, hast du die Geschichte von Buck gern gelesen?«

»Ja, ich mochte Buck«, antwortete Kate vorsichtig, denn sie wollte ihm die Geschichte nicht verderben. »Er war ein besonderer Hund – ein kluger Hund.«

Lars nickte. »Ein *großartiger* Hund.«

Kate lächelte. Lars schien so klein, wie er dort lag, dass das Wort größer zu sein schien als er selbst.

Einen Augenblick lang war Lars still. »Das war er – ein großartiger Hund. Sogar, wenn Menschen gemein zu ihm waren.«

»Hat er dich an Lutfisk erinnert?«, fragte Kate.

»In manchen Dingen, ja«, antwortete Lars, immer noch mit geschlossenen Augen. »Aber ich bin froh, dass unser Hund anders ist.«

Nach einer Weile sprach Lars weiter. »Weil wir immer gut zu Lutfisk waren. Wir haben uns immer gut um ihn gekümmert.« Seine Stimme hörte sich schläfrig an.

Kate setzte sich auf einen Stuhl neben dem Bett und wartete darauf, dass Lars einschlief. Stattdessen öffnete er die Augen. »Das Ende der Geschichte gefällt mir nicht. John Thornton war nett zu Buck. Er hat ihn richtig behandelt. Es gefällt mir nicht, dass John Thornton gestorben ist.«

»Ich bin froh, dass du das so empfindest«, meinte Kate. »Mir ging es genauso.«

»Dir auch?« Lars' blaue Augen schienen zu sehr zu glänzen. »Weißt du was, Kate? Wenn ich groß bin, werde ich Schriftsteller.«

Kate lächelte. »So, wie ich Organistin werden will?«

»Jup. Und bei mir werden die Geschichten anders ausgehen.«

Das letzte Wort ging in ein Husten über. Lars versuchte sich aufzusetzen, und Kate steckte ihm noch ein Kissen in den Rücken. Sein ganzer Körper wurde von dem Husten geschüttelt.

Schließlich sank Lars völlig erschöpft zurück, sein Gesicht wurde rot. Doch unter den Sommersprossen schien die Haut seltsam weiß zu sein.

Was sollten wir ohne ihn machen?, dachte Kate. Dieser Gedanke machte ihr solche Angst, dass sie kaum zu atmen wagte.

»Kate?«, sagte Lars leise. »Wie kommt es, dass du jetzt anders bist als früher?«

»Anders?«, fragte Kate. »Wie meinst du das?«

»Du bist nicht mehr so, wie du warst, als du hierherkamst.« Wieder hustete Lars. Er zog sich hoch und beugte sich vor. Zwischen den Hustenanfällen rasselte sein Atem. »Meine Brust tut mir weh«, stieß er hervor, als er wieder sprechen konnte.

Kate stand auf und rieb ihm den Rücken. Durch sein Nachthemd fühlte sie die Wirbelsäule und die Rippen ihres Bruders und bemerkte, wie dünn er war. Dann dachte sie über seinen Husten nach und bekam Angst.

Lars lehnte sich wieder zurück und behielt die Augen offen. »Du kommst immer noch in alle möglichen Schwierigkeiten«, fuhr er fort.

Kurz leuchtete ein Lächeln in seinem Gesicht auf. »Ich kann gar nicht verstehen, wie jemand *so* viele Geheimnisse entdecken kann, die gelöst werden müssen. Aber es ist, als –« Er machte eine Pause, als müsste er darüber nachdenken. »Es ist, als ob Gott dir jetzt etwas bedeutet.«

Kate verstand, was Lars meinte. Sie erinnerte sich an den Tag im letzten Herbst, als Tina sich wegen ihres falschen Verhaltens fast schwer verletzt hätte. An diesem Tag hatte sich Kates ganzes Leben verändert.

Jetzt blickte Lars sie an. »Kate, hast du Jesus lieb?«, fragte er.

Kate schaute ihm direkt in die Augen. »Ja, Lars, ich habe Jesus lieb.« Es tat gut, ihm das zu sagen, aber sie fragte sich: *Warum möchte er das wissen?*

In diesem Augenblick war ihr jüngerer Bruder ihr ganz besonders wichtig. Sie nahm seine Hand. »Hast du Angst, Lars?«

Lars nickte. Eine Träne lief seine Wange hinunter. »Ich habe Angst, dass ich sterben muss. Käme ich dann in den Himmel? Bin ich gut genug?«

»Nein!« Bevor Kate das Wort zurückhalten konnte, hatte sie es schon ausgesprochen. »*Niemand* ist gut genug!«

Kate erinnerte sich an den Tag, als sie weinend gesagt hatte: »Mama, ich bin so schrecklich!« Ihre Mutter hatte ihr zugestimmt und erklärt: »Jo, wir sind alle schrecklich.« Aber dann hatte Mama erklärt, dass niemand vollkommen ist.

Nun, als sie sich daran erinnerte, erklärte Kate: »Lars, es geht nicht darum, ob du gut genug für den Himmel bist.« Kate sprach sanft, aber mit zitternder Stimme. »Du weißt, wie lieb Gott dich hat. Er hat seinen Sohn Jesus in diese Welt geschickt, als kleines Baby.«

Lars nickte. »Und Jesus ist für uns am Kreuz gestorben.«

»Wenn wir etwas Falsches getan haben, dann können wir ihm sagen, dass es uns leidtut.« Kates Stimme war jetzt ruhiger. »Wenn wir um Vergebung bitten, dann *vergibt* Gott uns.«

»Sogar dir, Kate.« Lars lächelte schwach.

Kate lächelte ebenfalls, doch sie sprach weiter. »Und Jesus nimmt unsere Schuld fort. Er vergisst sie vollständig.«

Lars war kurz still und schien zu überlegen. »Das glaube ich«, meinte er schließlich, wobei seine Stimme nicht viel lauter als ein Flüstern war. »Aber muss ich noch mehr tun?«

Kates Blick verschwamm. »Ja, Lars. Bitte Jesus, dein Retter und Herr zu sein.«

Ihr Bruder nickte: »Das habe ich schon getan. Dann komme ich also in den Himmel?«

Kate konnte kaum sprechen. »Du kommst in den Himmel, Lars. Jesus ist bei dir, ganz egal, was mit dir geschieht.«

Lars schloss die Augen. Sein Gesicht sah friedlich aus, und eine Weile hustete er nicht. Aber er hielt Kates Hand ganz fest.

Die verwaiste Geige

Lange saß Kate neben dem Bett ihres jüngeren Bruders. Als Lars schließlich einschlief, löste sich seine Hand. Kate floh in ihr Zimmer und weinte.

Am nächsten Morgen war sie die Erste, die in die Küche kam. Plötzlich rutschte sie auf dem Boden aus und fiel hin. Sie zündete eine Petroleumlampe an und fand den Grund.

»Eis?«, murmelte sie. »Auf dem Küchenboden?« Etwa einen Meter vom Herd entfernt hatte jemand Wasser verschüttet. In der Nacht war es gefroren.

Schnell machte Kate ein Feuer im Herd. An der Tür, die nach draußen führte, entdeckte sie eine lange Welle aus Schnee. Sie nahm einen Besen und fegte den Schnee auf wie Sand. Dann legte sie einen schmalen Läufer vor die Tür und verschloss so den schmalen Spalt darunter.

Auf den Fensterbänken lag ebenfalls Schnee. Er war durch kaum sichtbare Ritzen eingedrungen. Während Kate den Schnee fortwischte, betrat ihre Mutter die Küche.

Mamas Gesicht sah weiß und starr aus. Trotz ihres zunehmenden Gewichts bewegte sie sich schnell zwischen Herd und Tisch. Aber dann brannte ihr der Haferbrei an. Und Kate wusste, dass Mama mit ihren Gedanken weit weg war.

Als Kate und Anders zum Stall gingen, um ihre Arbeiten zu erledigen, fegte der Wind den Hügel hinauf und schlug ihnen voll entgegen. Anders nahm Kate an die Hand, als fürchte er, dass sie den Weg verlieren könnte. Tief gegen den Wind gebeugt überquerten sie den Hof zum Stall.

Anders hielt die Tür für Kate auf. Sobald er sie losließ, krachte sie zu. Sie brauchten eine Weile, um zu Atem zu kommen.

Hier, wo Mama nicht in der Nähe war, konnte Kate fragen, was sie wissen wollte. »Was glaubst du, wo Papa sich befindet?«

Anders schüttelte den Kopf.

Also macht auch er sich Sorgen.

Kate versuchte es noch einmal. »Wenn Papa das Camp verlassen hat, bevor der Sturm einsetzte, wie weit konnte er dann kommen?«

»Das hängt davon ab, wie tief der Schnee ist und wie hoch die Schneewehen sind.«

»Sind auf dem Weg ein paar Städte?«

»Nicht viele.«

»Häuser?«, fragte Kate mit leiser Stimme.

»Ein paar. Sie liegen weit auseinander. Aber Papa ist klug«, fügte Anders schnell hinzu, als versuchte er, sie zu beruhigen. »Wie die meisten Farmer versteht er sich auf das Wetter. Wahrscheinlich hat er den Sturm kommen sehen.«

»Und ist irgendwo eingekehrt?«

Anders zuckte mit den Schultern. Er hob den Deckel von einem Kasten und nahm Hafer für Wildfire heraus. Das schwarze Fell der Stute war jetzt im Winter ganz dicht und dick. Sie schmiegte sich an seine Jacke, doch zum ersten Mal, seit Kate sich erinnern konnte, sprach Anders nicht mit seinem Pferd.

Der Wind pfiff den ganzen Tag. Kate wanderte von Zimmer zu Zimmer und dachte an Papa, der versuchte, nach Hause zu kommen, an die Milchkanne, die im See versteckt war, und an Lars. Was sollten sie tun, wenn er einen Arzt brauchte?

Am Nachmittag zeigte Mama Kate, wie sie den Flanellstoff zuschneiden konnte. So gern Kate einige Windeln für das Baby nähen wollte, sie war mit ihren Gedanken nicht bei der Sache.

Anders sah genauso unruhig aus wie Kate. Auch er wanderte von einem Fenster zum anderen. Der Schnee, der gegen die Scheiben getrieben wurde, versperrte die Sicht.

In dem seltsamen Zwielicht setzte Kate sich an ihre Orgel. Während sie bekannte Lieder spielte, kam Tina und stellte sich zu ihr. Mit ihrer kindlich klaren Stimme begann sie zu singen.

Als Kate aufschaute, saß Mama in der Nähe und das fast fertige Kleid lag vergessen auf ihrem Schoß. Sie starrte auf die vom Schnee verdunkelten Fenster und biss sich auf die Lippe, dann schaute sie nach oben.

Ein Windstoß rappelte an den Fenstern. Im Schlafzimmer, das nebenan lag, hustete Lars tief aus seiner Brust.

»Es ist sicher eine Lungenentzündung«, flüsterte Mama.

Was können wir tun?, überlegte Kate. *Was machen wir, wenn wir einen Arzt holen müssen?*

Mama eilte in das Schlafzimmer. »Spiel noch etwas, Kate, ja?«

Nachdem Kate die Lieder gespielt hatte, die sie bereits kannte, nahm sie die Noten, die Herr Peters ihr gegeben hatte. An das geplante Orchester zu denken, schien der einzige Lichtblick an diesem Tag zu sein.

Am späten Nachmittag beeilten Kate und Anders sich, durch den Schnee und die anbrechende Dunkelheit zum Stall zu gelangen. Während Anders mit dem Melken begann, fütterte Kate die Schafe und Kühe. Selbst hier heulte der Wind um die Ecken.

Kate lief ein Schauer über den Rücken. »Ich habe Angst, Anders.«

»Um Lars? Ich auch.«

Diese Antwort überraschte Kate. 1,80 Meter groß und muskulös von der Farmarbeit, zeigte Anders selten Angst vor irgendetwas.

»Viele Leute sterben an Lungenentzündung«, erklärte Kate.

»Ich weiß«, bestätigte Anders mit leiser Stimme. »Lars war noch nie stabil. Das ist schon seit seiner Geburt so. Schon als er klein war, hat Mama mir beigebracht, auf ihn aufzupassen.«

Wieder war Kate überrascht. Anders sprach selten von seiner ersten Mutter.

»Lars wurde schon immer schneller krank als wir

anderen«, fuhr Anders fort. »Und er braucht immer länger, um gesund zu werden.«

In der Stille heulte der Wind durch die Stallritzen. Kates Magen zog sich zusammen.

»Anders?«

»Jo.«

»Hört der Wind jemals auf?«

»Nein. Nicht, bis der Sturm vorbei ist.«

»Ich mag den Wind nicht.« Wieder zitterte Kate. »Ich mag es nicht, hinauszuschauen und nichts als weiß zu sehen.«

»Genau das hat Papa gesagt.«

»Papa?«, fragte Kate.

»Weihnachten, als er aufbrach zum Holzfällercamp. Da hat er genau das gesagt.«

Kate erinnerte sich an diesen Tag. Sie hatte vor der Tür des Farmhauses gestanden und zugeschaut, wie Papa aufbrach. Als er neben dem Schlitten stand, sprach er mit Anders. Kate hatte versucht, zu verstehen, was er sagte, aber der Wind hatte die Worte fortgetragen.

Anders drehte der Kuh, die er gerade melkte, den Rücken zu. »Papa sagte: ›Es ist lange Zeit her, dass Mama im Winter auf einer Farm gelebt hat. Und Kate hat es noch nie. Sie wissen nicht, wie es ist, wenn den ganzen Tag der Wind pfeift und man nichts mehr sieht als Schnee.‹«

Kate starrte ihren Bruder an. »Das hat Papa gesagt? Er weiß wirklich immer Bescheid. Was hat er noch gesagt?«

»›Pass gut auf sie auf, Anders. Gib acht auf Mama und Tina und Lars.‹« Anders grinste. »›Und auf Kate.‹«

»Du sollst auf *mich* achtgeben? Papa weiß, dass ich selbst auf mich aufpassen kann.«

»Papa weiß, dass du jemanden brauchst, der auf dich aufpasst. Neugierige Kate – das bist du. Immer gerätst du in etwas hinein.«

Kate warf den Kopf hoch, und ihr langer Zopf flog auf den Rücken. Sie war sich nicht sicher, ob Anders sie ärgern wollte oder nicht. Sie war jetzt dreizehn und konnte auf sich selbst aufpassen.

»Gib lieber noch etwas Holz in die Tankheizung, Kate.«

»Warum machst *du* das nicht?«, erwiderte sie, weil sie seine ständigen Anweisungen leid war. Außerdem hasste sie es, in der Dunkelheit nach draußen gehen zu müssen.

»Kein Problem«, meinte Anders und stand auf. »Wenn du diese Kuh fertig melkst.«

Schnell ging Kate zur Tür. Obwohl sie zu melken gelernt hatte, als Anders sich den Knöchel verstauchte, brauchte sie dafür immer noch länger als ihr lieb war.

Draußen ging sie eilig zum Holzstapel neben dem großen Tank, in dem sich das Wasser befand, mit dem die Tiere getränkt wurden. Im Tank befand sich ein Ofen, der im Winter das Wasser wärmte.

Die Tankheizung sah wie ein U aus, dessen Seiten leicht nach unten gebogen waren. An einem Ende ragte ein Ofenrohr über das Wasser. Am anderen Ende befand sich eine Öffnung, um Holz hineinzuschieben. Kate hob den Ofendeckel und schob kleine Stücke Eichenholz hinein.

Als sie in den Stall zurückkam, war Anders bereits dabei, eine weitere Kuh zu melken. Kate nahm einen dreibeinigen Schemel und setzte sich hin, um die nächste Kuh in der Reihe zu melken.

»Anders, wirst du in dem Orchester mitmachen?«

»Ja, ich werde mitmachen.« Seine Stimme hörte sich an, als wäre er erstaunt, dass Kate fragte.

»Du machst mit?« Kate wünschte sich, sie könnte ihren Bruder sehen, aber zwischen ihnen stand eine Kuh. »Welches Instrument willst du spielen?«

»Natürlich Geige.« Er sagte das, als wäre es das Selbstverständlichste von der Welt.

»Geige?« Kate konnte kaum glauben, was sie gehört hatte. »Das ist ein sehr schwieriges Instrument. Und du –« Sie wusste, dass sie besser nicht weitersprach.

»Und ich – ich bin ein Bauerntrampel. Ist es das, was du denkst?«

Kate wurde rot bis unter die Haarwurzeln. In ihrer ersten Woche auf der Windy Hill Farm hatte sie Anders so genannt. Seitdem hatte sie mitbekommen, dass er alles war, nur das nicht.

Aber eine Geige passte nicht zu dem, was sie bisher von ihm wusste. *Anders und Geige spielen? Mit seinen großen Fingern und Händen?*

»Also wirklich«, fuhr er fort, »es gibt hier eine Geige, wenn ich sie noch finde. Mama hat Geige gespielt.«

»Deine Mutter?«, fragte Kate, die immer mehr staunte. »Papas erste Frau?«

Anders nickte.

»Davon hast du mir nie etwas erzählt.«

»Es gibt viele Dinge, die ich dir nicht erzähle«, meinte Anders. »Du weißt nicht *alles*, was ich weiß.«

Kate erinnerte sich an den letzten Sommer und den Tag mit dem schweren Sturm. Sie musste damals allen Mut zusammennehmen, um in Gegenwart von Anders zu singen. »Ich dachte, du magst keine Musik.«

»Da irrst du dich. Bevor meine Mutter starb, hatte sie begonnen, mir beizubringen, Geige zu spielen. Sie meinte, ich hätte ein gutes Gehör dafür.«

Kate hätte fast gelacht. Aber im nächsten Augenblick war sie froh, dass sie es nicht getan hatte.

»Ich fing an, gut zu werden«, erzählte Anders. »Dann starb Mama. Zuerst spielte ich ständig. Dann mochte ich die Geige nicht mehr anrühren. Ich wusste: Es machte Papa traurig, wenn er mich hörte. Es erinnerte uns beide an Mama.«

Eine Zeit lang schwieg Anders. Kate hörte nur das Geräusch der Milch, die in den Eimer platschte. Dann erhob sich Anders und kam auf Kates Seite.

»Eines Tages habe ich die Geige in ein Stück Stoff gewickelt und sie Papa gegeben. Ich bat ihn, sie für mich fortzulegen. Und das tat er auch.«

»Also weißt du nicht, wo sie ist?« Kate hörte auf zu melken.

»Ich weiß nur, dass Papa sie an einen guten, sicheren Ort gelegt hat, an dem es weder zu warm noch zu kalt ist und das Holz nicht rissig wird.«

»Woher weißt du das?«, fragte Kate. Dann sah sie die Augen ihres Bruders. Im Licht der Petroleumlampe schienen sie feucht zu sein.

»Als ich sie Papa gab, wickelte er sie aus. Er strich über das Holz, als wollte er etwas berühren, was Mama geliebt hatte. Dann wickelte er die Geige wieder ein und räumte sie fort.«

Kate beugte sich näher zu ihm. »Ich denke, wir sollten versuchen, diese Geige zu finden.«

Anders entgegnete zögernd: »Kate, ich habe Angst. Was ist, wenn wir die Geige finden und ich kann sie nicht spielen?«

Kate wusste, was er meinte. Er befürchtete nicht, dass er die Noten nicht spielen konnte. Es war mehr als das. Konnte er wieder spielen, obwohl es ihn an seine Mutter erinnerte und daran, wie er sie verloren hatte?

Dann hatte Kate einen Gedanken. »Du wirst wieder spielen können. Deine Mutter würde auch wollen, dass du es tust.«

»Glaubst du wirklich?« Anders schaute Kate an, als wäre ihre Antwort das Wichtigste auf der Welt.

»Ja, das glaube ich. Stell dir vor, du würdest für *sie* spielen.«

Sein Gesicht bekam einen seltsamen Ausdruck.

Kate war sich nicht sicher, was es zu bedeuten hatte. War das der Anders, der nie Angst oder Tränen zeigte?

Er drehte sich um und entfernte sich ein paar Schritte. Mit dem Rücken zu Kate starrte er aus dem Fenster. Er stand lange Zeit dort, obwohl Kate wusste, dass er in dem Sturm draußen nichts sehen konnte.

Ihr ganzes Leben lang hatte sie gehört, dass Männer und Jungen nicht weinen sollen. Jetzt fragte sie sich: *Ist es das, was Anders fühlt? Dass er nicht weinen kann, ganz gleich, was geschieht?*

Als Anders zurückkam, um weiterzumelken, schien er wieder der Alte zu sein. »Ich werde wieder Geige spielen«, erklärte er. »Genau, du hast recht.«

Noch eine Warnung

An diesem Abend suchten Kate und Anders nach der Geige. Sie hatten schon fast aufgegeben, als Kate einen Stuhl an den Schrank in der Speisekammer zog.

»Meine Arme sind nicht lang genug«, rief sie Anders zu. »Komm, hilf mir.«

Die Geige lag oben auf dem Schrank, ganz hinten an der Wand.

Schließlich kletterte Anders vom Stuhl, schlug den Stoff auseinander und betastete das Holz. Ohne ein Wort trug er die Geige in das vordere Zimmer, wo er allein sein konnte.

Von der Küche aus lauschte Kate, hörte ihn aber nicht spielen. Als dann der erste Ton erklang, hörte es sich kratzend und schief an.

Mama zog die Augenbrauen hoch.

»Sie gehörte seiner Mutter«, erklärte Kate. Von diesem Augenblick an lauschte auch Mama.

Obwohl Anders versuchte, sich an die Griffe zu erinnern, entstand nach jedem Ton eine Pause. Manchmal zupfte er die Saiten. Dann wieder strich er mit dem Bogen darüber. Schließlich hörte es sich an, als würde er die Geige stimmen.

Als Kate am nächsten Morgen aufwachte, lag sie tief vergraben unter den Decken. Sie zog sie vom Kopf und konnte ihren Atem in der kalten Luft sehen.

Nach dem Frühstück ging Anders hinaus, um den Schnee von den Fenstern zu fegen. Doch der weiße Wind blies immer noch und wirbelte den Schnee wie Sand durch die Luft. Es dauerte nicht lange und die Fenster gaben wieder nur ein dämmriges Zwielicht von sich.

»Es ist Samstag«, meinte Kate zu Anders, als sie allein waren. »Papa ist Donnerstag nach Hause aufgebrochen – vor zwei Tagen und zwei Nächten.«

»Und morgen ist Sonntag«, stellte ihr Bruder fest, als wollte er nicht über Papa sprechen. Am Sonntag würde der Dieb, der die Schecks von der Molkerei gestohlen hat, die Stadt verlassen.

An diesem Nachmittag vergaßen Kate und Anders jedoch alles andere und dachten nur noch an Lars. Während Kate ihm vorlas, bekam Lars Schüttelfrost. Als er hustete, hielt er sich die Brust.

»Ach Kate, es tut so weh«, sagte er, als er wieder sprechen konnte. »Es tut so furchtbar weh.«

Kate schob Lars ein weiteres Kissen in den Rücken und deckte ihn mit noch mehr Decken zu, aber Lars zitterte immer noch.

Als Kate hochschaute, stand Anders in der Tür. Aus seinem Blick sprach Angst. Er kam nah an das Bett und setzte sein schiefes Lachen auf. »Du musst wieder gesund werden, alter Kumpel.«

Im weißen Kissen schien Lars' Haar noch röter als gewöhnlich. Sein Gesicht sah blass aus, aber für seinen Bruder lächelte er.

Unbeholfen klopfte Anders Lars auf die Schulter.

»Wenn es dir wieder gut geht, spannen wir Lutfisk vor den Schlitten. Dann kannst du über die Hügel fahren.«

Lars musste wieder husten und sein Lächeln verschwand. Er beugte sich vor und hustete noch einige Male. Kate gab ihm ein Taschentuch.

Anders sah das Taschentuch, als Lars es wieder vom Mund nahm. Als könnte er es nicht ertragen, stürzte Anders aus dem Zimmer.

Kurze Zeit später hörte Kate, dass Anders die Geige stimmte. Nach und nach hörten sich die Töne klarer an, dann wurden sie stärker, ja sogar schön. Lars lag im Bett und sagte nichts, aber Kate sah seine Augen und wusste, dass er zuhörte.

Als Anders begann, ein schwedisches Volkslied zu spielen, kam Mama an die Tür. Mitten im Zimmer blieb sie stehen und neigte ihren Kopf der Musik zu. Die Melodie ertönte.

»Es ist gut, sich zu erinnern«, flüsterte Mama, als Anders aufhörte zu spielen. »Wir sind Kinder des himmlischen Vaters.« Weder sie noch Kate rührten sich von der Stelle.

Früh am Sonntagmorgen versammelte die Familie sich um Lars' Bett, um eine gemeinsame Andacht zu halten. Mama bat Kate, eine Stelle aus der Bibel zu lesen, und Kate wählte die Worte aus, die Papa ihr geschrieben hatte: »Fürchte dich nicht, ich bin mit dir; weiche nicht, denn ich bin dein Gott …«

Kate, die kurz hochschaute, sah, dass Mama sich

auf die Lippe biss. Kate las weiter: »Ich stärke dich, ich helfe dir auch …«

Sie neigten ihre Köpfe und Mama legte ihre Hand sanft auf Kates Arm. Als sie für Lars beteten, legte Mama ihre Hand auf seine Schulter. »Herr Jesus, in deinem Namen bitten wir dich: Mach Lars gesund.«

Dann betete Mama, wie schon oft zuvor, für Papa. »Herr, wir wissen nicht, wo er sich befindet.« Mamas Stimme zitterte, und sie sprach nicht weiter.

Kate öffnete die Augen. Mama rang um ihre Fassung. »Wir wissen nicht, Herr, wo er ist«, fuhr sie fort. »Aber du weißt es. Du bist sein himmlischer Vater.«

Ihre Stimme wurde stärker. »Wir bitten dich, gib acht auf Papa. Wir bitten dich, schütze ihn, besonders vor der Kälte, und bring ihn bald zu uns nach Hause. Wir beten in deinem Namen, Herr Jesus. Amen.«

Als Mama das Gebet beendete, sagte niemand etwas. In dem kleinen Kreis um Lars' Bett waren Geborgenheit und Wärme spürbar. Kate wusste: Diese Wärme war Liebe.

Dann durchbrach der Husten ihres Bruders die Stille. Wieder hörte Kate den Wind. Es schien, als würde er sie vom Rest der Welt trennen.

Kurze Zeit später wurde Tina unruhig und Kate ging mit ihr in die Küche. »Schau mal!«, forderte Kate ihre kleine Schwester auf. »Hänschen Frost hat gestern Nacht die Fenster angemalt.«

Fünf Eissterne bedeckten eine Scheibe und

Schneeflocken eine andere. An einem Fenster, das mit einer Eisschicht bedeckt war, fragte Kate Tina: »Willst du ein paar Fußspuren machen?«

Tina zuckte mit den Schultern, sie verstand Kates Englisch nicht.

Kate ballte ihre Hand zur Faust und presste ihre Hand seitlich gegen die Scheibe. Durch die Wärme ihrer Hand schmolz das Eis. Sie benutzte den Daumen und die Finger, um einen großen Zeh und vier kleine hinzuzufügen. Ganz klar und deutlich: Das war ein Fußabdruck!

Tina kicherte und begann, selbst Fußabdrücke ins Eis zu formen.

»Komm, Anders«, rief Kate, »wir brauchen ein paar *große* Füße.«

Anders kam zu ihnen und presste seine große Hand gegen die Scheibe. Er machte einen Fußabdruck nach dem anderen, bis es so aussah, als wäre jemand über das Fenster gelaufen.

Tina ging ein paar Schritte zurück, um besser sehen zu können, und kicherte wieder.

Eine Stunde später hob Kate den Kopf und horchte. Nach drei Tagen Schneesturm war die Welt seltsam still. Der Sturm war vorüber!

Kate und Anders gingen nach draußen, um den Schnee fortzuschaufeln. Die Wolken waren verschwunden. Schneewehen schmiegten sich um die Ecken des Hauses. So weit sie sehen konnten, sahen sie nichts als weichen unberührten Schnee – Schnee, der im Sonnenlicht glitzerte.

»Wir sind eingeschneit!«, rief Anders aus. Jeder Weg und Pfad war zugeweht.

Als sie sich zum Stall vorarbeiteten, sah Kate die Erleichterung auf dem Gesicht ihres Bruders. Er schien sogar schneller zu gehen.

»Du hattest Angst, stimmt's?«, fragte sie.

Anders nickte, seine blauen Augen verfinsterten sich. »Wie soll man in einem heulenden Sturm einen Arzt holen? Wie kannst du meilenweite Strecken zurücklegen, wenn du kaum bis zum Stall durchkommst?«

»Vielleicht kommt Papa jetzt durch.«

»Vielleicht«, meinte Anders. »Ich hoffe es.«

Sie legten Wildfire das Zaumzeug an und befestigten daran Ketten, an denen ein schwerer Holzstamm hing. Während das Pferd sich vorwärtsbewegte, schleifte der Baumstamm über den Boden, glättete den Schnee und festigte den Weg.

Kurz nach dem Essen hörte Kate das Klingeln von Glöckchen. Erik kam aus dem Wald gefahren und überquerte das Feld zwischen den beiden Farmen. Auch er zog mit dem Pferdegespann der Lundgrens einen Baumstamm.

Erik winkte Kate zu und lenkte Barney und Beauty den Hügel hinunter zum Rice Lake. Anders folgte ihm mit Wildfire. Als sie zurückkehrten, hatten sie einen Weg quer über den Rice Lake gebahnt.

»Als wir zur Straße kamen, sahen wir, dass dort Männer arbeiten«, berichtete Anders. »Alle paar Meilen sind die Leute draußen und bahnen den Weg.«

Mama schien voller Hoffnung zu sein. »Vielleicht kommt Papa nach Hause.«

Und wenn wir zum Arzt müssen, dann können wir es jetzt, dachte Kate.

Sobald Kate und Anders allein waren, fragte sie nach der Milchkanne: »Ist sie noch da?«

»Soweit wir wissen, ja. Zumindest gab es keine Fußspuren. Aber wir können noch nicht zu Andrew Anderson gelangen. Nicht bevor die Männer bis heute Abend die Wege frei gemacht haben.«

Kate seufzte. »Wir sind zu spät dran. Es ist Sonntagabend.«

In der Dämmerung fuhr der erste Schlitten über den Hof. Der Nachbar hielt am Haus an und fragte: »Sind Sie alle wohlauf, Frau Nordstrom?«

Mama nickte und sagte: »Ja, alle außer Lars.«

Dann kam die Frage: »Haben Sie schon etwas von Carl gehört?«

Mamas blaue Augen verdunkelten sich. Ihr *Nein* war noch leiser als ihr *Ja*.

Während Anders und Kate ihre Arbeiten erledigten, glaubte sie einen weiteren Schlitten zu hören. Sie versuchte, über das Muhen der Kühe hinwegzuhören. Dann entschied sie, dass sie es sich nur eingebildet hatte.

Als sie den Stall verließen, leuchtete die Milchstraße ihren Weg durch den Himmel. Kate hielt die Laterne hoch und glaubte, etwas zu sehen. Sie blieb stehen und setzte den Milcheimer ab.

Anders stieß fast mit ihr zusammen. »Was ist los?«

Entlang des Wegs hatte der Wind den Schnee zu einer Schneewehe aufgetürmt. Mitten im weichen weißen Schnee sah Kate zuerst Buchstaben, dann erkannte sie Worte:

BLEIBT WEG

Anders schnaubte. »Bleibt weg? Bleibt weg wovon?«

Aber Kate hatte Angst. Sie hielt die Laterne hoch und sah noch mehr Buchstaben. Sie hielt die Laterne näher heran und entzifferte die Worte:

ODER SONST

»Oder sonst was?«, bemerkte Anders verächtlich.

»Bleibt weg oder sonst«, las Kate und die Angst in ihr wuchs. Plötzlich wurde sie ärgerlich auf Anders. »Wie kannst du darüber lachen? Wer auch immer diese Worte geschrieben hat: Er kam hier entlang, während wir im Stall waren. Er kam *jetzt*, am Tag –«

»Bei Nacht«, verbesserte Anders.

»Aber es ist erst seit Kurzem dunkel. Und in dieser Zeit –«

»Kam er, schrieb die Botschaft und verschwand«, beendete Anders den Satz.

»*Wenn* er verschwand«, erwiderte Kate. Sie schaute über die Schulter, um sicherzugehen, dass niemand hinter ihr stand. Dort, wo der Schein der Laterne nicht hinreichte, erstreckten sich die Schatten in die Nacht.

Der Wind wehte über die Schneewehe und blies

ihr neuen Schnee ins Gesicht. Kate trat zurück. »Bleibt weg wovon?«, fragte sie.

»Von dem, was wir unternommen haben.«

»Wahrscheinlich.« Kate dachte einen Augenblick darüber nach. »Ich habe nicht viel mehr getan, als im Haus zu sitzen, während es schneite. Aber wo warst du heute Nachmittag?«

»Ich bin über den Rice Lake gefahren.«

»Und kurz vor dem Sturm, was haben wir da gemacht?«

Es war nicht schwer, sich daran zu erinnern. Kate beantwortete ihre Frage selbst. »Wir haben die Milchkanne entdeckt.« Wieder schaute sie über die Schulter. »›Bleibt weg oder sonst.‹ Oder was sonst? Was könnte er machen?«

»Was er machen könnte?«, fragte ihr Bruder. »Das kann ich dir sagen.«

Im Licht der Laterne sah Kate Anders' Grinsen.

»Hör auf damit«, erwiderte sie schnell. »Ich glaube nicht, dass ich es hören will.«

»Aber du hast doch gefragt.« Er veränderte seine Stimme und sie klang leise und geheimnisvoll. »Er schleicht sich heute Nacht bei dir an. Und während du vom Haus zum Stall gehst, stürzt er sich auf dich!«

»Anders!« Kate hielt sich die Ohren zu. Sie wollte nicht noch mehr hören. Von jetzt an würde sie den Gang zum Stallgebäude noch mehr verabscheuen.

Aber das würde sie Anders nicht zeigen. Nicht um alles in der Welt würde sie ihn merken lassen, wie sie sich fühlte.

Sie ging zu ihrem Milcheimer zurück und nahm ihn hoch. Dann warf sie ihren Zopf über die Schulter und ging zum Farmhaus, als hätte sie keine Sorge auf der Welt.

Doch als sie die Tür erreichte, sah sie den Blick ihres Bruders. »Nach dem Abendessen«, flüsterte sie. »Nach dem Abendessen halten wir Ausschau nach Spuren.«

Dem Feuer entrissen

Zum ersten Mal half Anders Kate beim Abtrocknen des Geschirrs. Dann zogen sie ihre Mäntel über und gingen nach draußen.

»Seltsam!«, meinte Anders. »Du hast recht. Derjenige, der die Botschaft in den Schnee geschrieben hat, muss gekommen sein, während wir im Stall waren.«

Kates Finger ballten sich nervös zusammen. »Vielleicht handelt es sich um jemanden, den wir gut kennen.«

»Um jemanden, den wir jeden Tag sehen, ohne zu vermuten, dass er versuchen könnte, uns Angst einzujagen«, ergänzte Anders.

Kate hielt die Laterne hoch und ging über den Hof. »Während wir im Stall waren, dachte ich, ich hätte etwas gehört. Aber es waren keine Schlittenglöckchen zu hören.«

Der Schreiber der Botschaft musste wieder eine lange Stange verwendet haben. Da frisch gefallener Schnee lag, war es einfach, die mittelgroßen Stiefelabdrücke zu finden, die Kate und Anders schon das letzte Mal gesehen hatten. Sie begannen an der Schneewehe und folgten den Fußspuren entlang des freigepflügten Wegs, der am Haus vorbeiführte.

Auf halbem Weg zum Stall verschwanden die Spuren plötzlich. Kate und Anders konnten kaum glauben, was sie sahen.

»Wie können Fußspuren sich einfach in Luft auflösen?«, fragte Kate.

»Sie können es nicht«, antwortete ihr Bruder. »Aber sie tun es trotzdem. Siehst du diese Abdrücke dort oben? Sie sind völlig anders.«

Kate schaute sie genau an. »Anders sind sie allerdings, aber sie haben dieselbe Größe!«

Kate hielt die Laterne dichter heran und beugte sich hinunter. »Siehst du, wie der rechte Stiefel sich ganz leicht neigt?« Einen Schritt weiter zeigte sie erneut auf den Boden. »Und hier der linke Stiefel dreht sich ein bisschen!«

Plötzlich lachte sie. »Er stand hier und hat die Schuhe gewechselt! Siehst du's? Hier beginnen die neuen Spuren!«

Im nächsten Augenblick erstarb Kate das Lachen auf den Lippen. »Wer ist das nur? Er weiß, dass wir ihn beobachten. Er weiß, dass wir versuchen, ihm zu folgen.« Diesen Mann aufzuspüren, schien nicht länger ein Spiel zu sein.

Anders nahm die Farmlaterne. »Lass uns trotzdem nachsehen, wohin die neuen Spuren uns bringen.«

Schritt für Schritt folgten sie den Spuren zum Wassertank, dann zurück zum Weg. Neben den Spuren, die von den Kufen eines Schlittens herrührten, verschwanden die Stiefelabdrücke.

»Gut, er ist also fortgefahren.« Kate war erleichtert.

Aber Anders knurrte. »Wir haben ihn schon wieder aus den Augen verloren! Wir sind kein Stück weiter als vorher. Schlimmer noch, denk mal nach.«

»Schlimmer?«

»Wir wissen: Er ist dreist genug, um auf unseren Hof zu kommen. Wir wissen: Er plant alles genau und bringt sogar ein zusätzliches Paar Stiefel mit. Und er tut alles, was er kann, um uns Angst einzujagen und von der weiteren Suche abzuhalten.«

Kate lief ein Schauer über den Rücken. »Er ist ein gefährlicher Mann!« Dann fiel ihr etwas ein. »Ich habe ganz vergessen, Holz in die Tankheizung zu füllen.« Früher in diesem Winter hatte sie es einmal vergessen, und morgens war das Wasser ein einziger Eisblock gewesen.

Sie ging schnell zum Wassertank zurück und öffnete den Ofendeckel. Aber das Feuer war bereits ausgegangen.

Kate stöhnte. Jetzt musste sie ganz von vorne beginnen. Sie holte Zeitungspapier aus der Scheune und zündete es an. Als es Feuer fing, hob sie erneut den Ofendeckel.

Im Schein des brennenden Papiers sah Kate plötzlich etwas. Sie griff in das schmale Rohr, in das sie sonst das Holz hineinsteckte, und zog ein kleines Stück Papier heraus.

Plötzlich spürte sie Hitze an ihrer anderen Hand. Schnell ließ sie das brennende Zeitungspapier in den Schnee fallen.

»Was machst du da?«, fragte Anders sichtlich ungeduldig.

Während das Zeitungspapier sich in schwarze Flocken verwandelte und dann zu brennen aufhörte, sagte Kate leise: »Es ist kalt hier. Lass uns in die Scheune gehen.«

Sobald sie dort waren, hielt sie das weiße Papier dicht vor die Laterne.

Der Name der Person, an die der Brief gerichtet war, war verkohlt und nicht mehr zu lesen. Ebenso der Teil, wo der Brief geöffnet worden war. Den Rest las Kate laut vor:

Ich habe durch Zufall Deine Post geöffnet. Ich fand darin diesen Scheck, ausgestellt und geschickt von Deinem alten Freund in New York. Arbeitest Du immer noch mit ihm zusammen, um Leute um ihr Geld zu betrügen? Machst Du wieder krumme Sachen? Ich hatte gehofft, die Zeit im Gefängnis hätte Dich verändert.
Ich liebe Dich, mein Bruder, doch ich beschwöre Dich: Schick das Geld zurück, solange Du es noch kannst. Nimm eine anständige Arbeit an.

Kate schaute hoch. »Er ist unterschrieben ›Deine Schwester‹, und dann der Anfangsbuchstabe O.«

Anders grinste. »Das erklärt, warum unsere Molkerei keine Schecks für die Butter bekommt, die Herr Bloomquist nach New York schickt! Der Dieb kennt jemanden, der die Schecks auf seinen Namen ausstellt statt auf die Molkerei von Trade Lake. Wer diese Person auch immer sein mag, sie sendet die Schecks an eine andere Adresse.«

Kate dachte darüber nach. »Weil die Postzustellung so langsam ist, funktionierte das Ganze. Das heißt, bis die Schwester des Diebs die Post öffnete.«

»Der Dieb muss also nur in seine Heimatstadt fahren und seine Post holen. Wenn die New Yorker Schecks zur Barzahlung ausgestellt sind, kann er sie überall einlösen. Er bekommt dann wesentlich mehr Geld, als er mit den Schecks bekommen würde, die die Farmer für ihre Milch erhalten.«

Langsam faltete Kate den Brief zusammen. »Das verstehe ich nicht. Wenn der Dieb diese großen Schecks bekommen wird, warum bestiehlt er dann die Farmer? Und warum stiehlt er das Kassenbuch?«

Anders zuckte die Schultern. »Ich weiß es nicht. Vielleicht ist er einfach gierig. Oder er will jemandem etwas heimzahlen, wie Erik vermutet hat. Aber eins ist sicher: Wir müssen Hilfe holen. Jetzt. Heute Nacht. Bevor er entkommt.«

Aber als sie zurück ins Haus kamen, war es Mama, die ihre Hilfe brauchte. »Bleibst du eine Weile bei Lars?«, fragte sie Kate. »Er schläft, und ich muss mich hinlegen. Anders, passt du auf Tina auf?«

Kate und Anders schauten sich an. Sie wussten beide, dass sie jetzt nicht wegfahren konnten.

Im Schlafzimmer beobachtete Kate ihren jüngeren Bruder in seinem Schlaf. Sie hörte seinen schweren Atem.

Bis vor Kurzem hatte sie sich nie viel um Lars gekümmert. Meistens hatten sie und Anders etwas gemeinsam unternommen. Zum ersten Mal fragte sich Kate: *Wie war es wohl, bevor ich hierherkam? Hat Lars sich meinetwegen vielleicht ausgeschlossen gefühlt?*

Er beklagte sich selten über etwas. Kate hatte ihn oft als selbstverständlich betrachtet – so, als wäre er eine jüngere Kopie von Anders. Lars' Krankheit zwang sie, ihn als Person wahrzunehmen. Sie mochte ihn gern.

Jetzt lag er völlig matt in seinem Bett. In seinem Körper schien keinerlei Kraft mehr zu sein. Unter seinen Sommersprossen schien seine Haut zu glühen.

Kate befühlte seine Stirn. Sie war heiß, viel zu heiß. Lars brannte förmlich, so hoch war das Fieber.

Kate erschrak so sehr, dass sie zitterte. Heute Morgen hatte sie ihre Angst noch zurückdrängen können. Jetzt konnte sie es nicht mehr.

Wird Lars sterben? Der Gedanke erfüllte sie mit Panik.

Kate ging zur Waschschüssel und tauchte einen Lappen in kaltes Wasser. Sie drückte ihn aus und legte ihn Lars auf die Stirn. Dann kühlte sie sein Gesicht und die Arme mit einem weiteren Lappen. Der Neunjährige rührte sich und öffnete die viel zu glänzenden Augen. Er schien benommen zu sein, als fragte er sich, wo er sich befand.

»Papa!«, rief er. »Papa, ich sehe die Pferde. Sind sie unten am See? Sie sind durstig. Ich bin auch durstig.«

Kate eilte aus dem Zimmer und rief: »Mama!«

In der Küche nahm Kate die Schöpfkelle und füllte

ein Glas mit Wasser aus dem abgedeckten Eimer. Sie kehrte zu Lars zurück und hielt ihm das Glas an die Lippen. Nachdem er einen Schluck genommen hatte, schob er es beiseite.

»Papa, ich möchte schwimmen gehen –«

Seine Worte gingen über in ein Murmeln, das Kate nicht mehr verstehen konnte. Sie blickte auf und sah Mama in der Tür. Hinter ihr stand Anders und neben ihm Tina.

»Papa, das Wasser –« Lars' Worte hörten sich wieder klar an. »Es ist so kalt –«

»Er spricht im Fieber«, erklärte Mama. »Er weiß nicht, was er sagt.« Sie ging hinüber zur Waschschüssel und tauchte einen weiteren Lappen in das Wasser.

Lars' Augen waren glasig. Als er in Kates Gesicht schaute, schien sein Blick klarer zu werden.

»Kate?«, fragte er mit schwacher Stimme. »Hast du Angst, Kate?«

»Angst, Lars? Weshalb?«

»Hab keine Angst, Kate. Du musst dich nicht fürchten. Um uns stehen viele Engel.«

Kate stiegen die Tränen in die Augen. *Stirbt er?*, fragte sie sich. Ihre Knie wurden so schwach, als wollten sie sie nicht länger tragen.

Dann stellte Anders sich neben Kate. Zum zweiten Mal in den letzten beiden Tagen nahm er ihre Hand. Er schien zu spüren, dass sie es brauchte. Seine freie Hand streckte er nach seinem Bruder aus.

»Lars«, sagte Anders mit rauer Stimme. »Du hast

recht. Wir können die Engel zwar nicht sehen, wie du sie siehst. Aber sie sind um uns herum.«

Kate blinzelte die Tränen in ihren Augen fort und schaute Anders an. Irgendwie überraschte er sie immer wieder.

»Jesus ist auch hier«, sagte Mama und stellte sich an Kates andere Seite. »Jesus liebt dich, Lars.«

»Ich weiß.« Seine Stimme klang schwach.

»Und wir lieben dich auch.« Mama und Kate sprachen fast gleichzeitig.

»Ich weiß.« Lars' Stimme hörte sich noch schwächer an. Er schloss die Augen und lag ruhig da, das Gesicht bleich im Kissen.

Kate atmete kaum. »Ist er –«

Mama schüttelte den Kopf. »Nein.« Sie führte sie alle in die Küche. »Ihr müsst Doktor Nelson holen.«

Kates Herz schlug heftig. Der Arzt wohnte meilenweit entfernt, noch hinter Trade Lake.

»Sagt ihm, es handelt sich um einen Notfall«, drängte Mama. »Sagt ihm, dass Lars sehr krank ist. Ich hoffe, es ist noch nicht zu spät.«

Anders blickte Mama in die Augen, aber Kate schaute fort, als sie den Schmerz ihrer Mutter sah.

Anders kritzelte etwas auf ein Stück Papier. Dann steckte er die Nachricht in die kleine Tasche, die Kate genäht hatte, und befestigte sie an einer Kordel. Er ging eilig zur Tür und rief Lutfisk. Als Lutfisk kam, band er dem Hund die Kordel um den Hals.

Anders öffnete die Tür und ging hinaus auf die

Treppenstufe. »Lauf und hol Erik!«, befahl er dem Hund.

Lutfisk bellte.

Anders zeigte über das Feld hinweg. »Erik!«, befahl er wieder.

Der Hund bellte noch einmal, dann stürmte er los in die Nacht hinein.

Fahrt in die Angst

Kate zog nervös vor Eile ihre wärmsten Sachen an. Als sie und Anders fertig zum Aufbruch waren, legte Mama eine Hand auf Kates, die andere auf Anders' Schulter. »Gott wird auf euch achtgeben«, erklärte sie.

Anders und Kate eilten nach draußen. Kate warf einen Blick auf das Thermometer. »Fast vierzig Grad unter null«, teilte sie Anders mit. »Morgen früh wird es noch kälter sein.«

Im Stall legten sie Wildfire gemeinsam das Zaumzeug an.

»Was für eine Nachricht hast du Erik geschickt?«, fragte Kate.

»Er soll uns an der Weggabelung treffen.« Anders ging zur Tür. »Ich hole den Schlitten.«

Kate brachte Wildfire nach draußen und Anders führte die Stute rückwärts zwischen die beiden Stangen des Schlittens. Kate legte ein paar schwere Decken hinein, dann wickelte sie sich den langen Schal ums Gesicht.

Nachdem sie es sich im Schlitten bequem gemacht hatten, rief Anders laut: »Vorwärts!« Wildfire tänzelte mit wehendem schwarzem Schweif über den Hof. Am Fuß des steilen Hügels beschleunigte sie ihre Schritte. Sie schien zu spüren, dass sie es eilig hatten.

Als sie zur Weggabelung kamen, sprang Erik auf

den Schlitten. Lutfisk war bei ihm und rannte nun neben dem Schlitten her.

»Was ist los?«, fragte Erik.

»Lars ist sehr krank.« Allein wenn sie daran dachte, war Kate zum Weinen zumute. »Wir müssen den Arzt holen.«

»Was ist denn passiert?«

»Sein Fieber ist stark gestiegen. Er redete seltsame Dinge im Fieber. Mama sagt, es ist ein Notfall.«

Bald überquerten sie den Rice Lake. Danach wandten sie sich nach Süden, Richtung Trade Lake. Die Straße war jetzt ein glatter, festgefahrener Weg. Der Mond schaute orange und rund über den Horizont.

In ihren Wollhandschuhen bewegte Kate ihre Finger. Sie kribbelten schon vor Kälte. Sie schob ihre Hände unter die schwere Decke.

Die Angst lag ihr wie ein Stein auf dem Herzen. »Was ist, wenn Lars stirbt?«, fragte sie.

Die Frage hing in der Luft und schien noch kälter als die Januarluft zu sein. Anders schlug mit den Zügeln und trieb Wildfire an. »Das wäre schrecklich.«

Im Licht des Vollmonds sah Kate, dass der Schal vom Gesicht ihres Bruders gerutscht war. Auf seiner Wange glitzerte eine Träne.

Kate war erstaunt. Sie hatte nur einmal Tränen in den Augen ihres Bruders gesehen. Und da hatte er sich eine sehr schmerzhafte Verletzung zugezogen. Selbst in den letzten Tagen, wo Papa draußen im Sturm war, hatte er selten über seine Sorgen gesprochen.

Jetzt zog er den Schal über das Gesicht. Kate fragte sich, ob er versuchte, seine Gefühle zu verbergen.

Die Molkerei war dunkel, als sie die Mitte des Ortes durchquerten. Dann donnerten die Hufe der Stute über die Holzbrücke, die über den Trade River führte.

»Ich hoffe nur, dass der Arzt zu Hause ist«, meinte Anders.

Weder Erik noch Kate sagten etwas dazu. Im Umkreis gab es meilenweit sonst niemanden, der helfen konnte.

Schließlich kamen sie zum Haus des Arztes. Eine Petroleumlampe leuchtete durch das Fenster. Anders warf die Zügel in Kates Schoß und sprang vom Schlitten. Erik rannte zum Stall. Als Doktor Nelson mit seiner schwarzen Tasche aus dem Haus geeilt kam, war das Pferd bereit.

Während er sich in den Sattel schwang, winkte er ihnen zu. Dann gab er dem Pferd die Sporen und galoppierte davon.

Anders folgte ihm in langsamerem Tempo mit Wildfire und dem Schlitten.

»Wird Doktor Nelson rechtzeitig dort sein?«, fragte Kate.

»Ich weiß es nicht.« Anders sprach so leise, dass Kate es kaum hören konnte. »Aber wir haben unser Bestes getan.«

Als sie wieder durch Trade Lake fuhren, verlangsamte Wildfire wie aus Gewohnheit das Tempo. Da nahm Kate einen schwachen Lichtschein wahr, der durch ein Fenster der Molkerei fiel.

»Halt an«, flüsterte sie Anders ins Ohr. »Es ist jemand dort.«

»Ich kann hier nicht anhalten«, antwortete Anders ebenfalls im Flüsterton. »Er hat Wildfire schon gehört.«

Sie bogen hinter der Molkerei um die Kurve und fuhren ein Stück den Hügel zur »Mission Church« hinauf. In sicherer Entfernung brachte Anders Wildfire zum Stehen. Er sprang vom Schlitten und band die Stute an einen Baum.

Die drei schlichen zurück zur Molkerei. Dann spähten sie durch das Fenster, in dem sie das Licht gesehen hatten. Der schwache Schein einer flackernden Kerze durchbrach die Dunkelheit.

Ein Mann mit einer rot-schwarz karierten Jacke beugte sich über den Schreibtisch von Herrn Bloomquist. Er schaute Papiere durch und hielt jedes einzelne ans Licht.

»Wer ist es?«, flüsterte Kate. Da er mit dem Rücken zu ihnen stand und eine Mütze seine Haare bedeckte, konnte man ihn nicht erkennen.

Anders signalisierte Kate, dass sie schweigen sollte, und gab ihr und Erik ein Zeichen. Vorsichtig schlichen sie durch den weichen Schnee, der jedes Geräusch dämpfte, vom Fenster weg.

Nachdem sie weit genug entfernt waren und nicht

mehr gehört werden konnten, fragte Kate erneut: »Wer ist es? Herr Grimm oder Herr Fenton? Von hinten sehen sie beide gleich aus.«

Erik schüttelte den Kopf und Anders zuckte die Schultern. »Wir müssen Hilfe holen«, erklärte er.

Sie waren sich einig, dass sie mehr als einen Erwachsenen benötigten.

»Ich sage Herrn Bloomquist Bescheid«, schlug Kate vor. Sie wusste, wo er wohnte.

»Er ist heute zum Treffen der Molkereileiter gefahren«, teilte Erik ihr mit. »Zumindest hatte er es vor.«

»Ich hole Andrew Anderson«, sagte Anders.

Da fiel Kate ein, was Big Gust ihnen geraten hatte. »Lasst uns auch Reverend Pickle fragen.«

»Du fährst zu ihm, Kate«, erklärte Anders. »Nimm Wildfire. Du hast den weitesten Weg.«

Kates Magen zog sich zusammen. Sie war mit Wildfire vor Weihnachten zum letzten Mal gefahren und auch davor nur einige Male. Wusste sie noch, wie es ging?

Anders schien es für selbstverständlich zu halten, dass sie es konnte. Schnell erklärte er ihr den Weg zu Reverend Pickles Haus.

»Ich bleibe hier«, meinte Erik. »Sollte der Mann aufbrechen, bevor ihr zurück seid, verfolge ich ihn.« Leise schlich er fort, zurück zur Molkerei.

Anders und Kate liefen schnell zum Schlitten. »Weißt du, was du zu tun hast?«, fragte Anders.

Kate nickte. Sie hatte Anders oft beobachtet.

Trotzdem fragte sie sich, ob sie mit dem lebhaften Pferd zurechtkommen würde.

»Wenn du an der Molkerei vorbeifährst, verlangsame nicht das Tempo«, warnte Anders sie. »Fahr weiter, als ob du nichts gesehen hättest.« Dann verschwand auch er in der Nacht und brach in nördlicher Richtung zu Andrew Andersons Farm auf.

Kate rief: »Vorwärts!« Wildfire drehte den Kopf, als höre sie Kates Unsicherheit heraus. Trotzdem gehorchte die Stute. Oben auf dem Hügel drehte Kate und lenkte Wildfire Richtung Süden, den Weg zurück, den sie gekommen waren.

Als sie sich der Molkerei näherte, sah sie Erik, der draußen vor einem Fenster kauerte. Leise wie ein dunkler Schatten schlich er sich an der Wand entlang.

Kate blickte zum Fenster. Die Kerze brannte noch. Der Mann war jedoch nirgendwo zu sehen.

Wo ist er?, dachte Kate. *Hat er Wildfire kommen hören? Oder hat er Erik gesehen?* Wenn der Mann durch eine Hintertür hinausging, konnte er um das Gebäude schleichen und den Jungen fangen.

Ich muss Erik warnen, sagte sich Kate und bremste den Galopp der Stute.

Dann fielen ihr die Worte ihres Bruders ein. »Fahr weiter. Halte nicht bei der Molkerei an.«

Kate schlug mit den Zügeln. Wildfires Hufe donnerten wieder über die Brücke.

Der Vollmond stand hoch am Himmel und ließ den Schnee so hell leuchten, als wäre es Tag. Die

Farm von Reverend Pickle lag an zwei Seen. »Du wirst es gut erkennen«, hatte Anders gesagt. »Im Hof befindet sich ein artesischer Brunnen.«

Ein artesischer Brunnen? Kate wusste, dass bei einem solchen Brunnen das Wasser durch Überdruck des Grundwassers selbsttätig aufsteigt. Aber wie sah ein solcher Brunnen aus? Sie hätte Anders fragen sollen.

Im nächsten Augenblick vergaß Kate ihre Frage. Sie kam in den Wald, in dem die Bäume lange Schatten warfen.

Kate rutschte in die Mitte des Sitzes, von den Bäumen so weit fort wie möglich. Aber die Bäume streckten sich dunkel und bedrohlich aus.

In Four Corners wendete sie Wildfire. Hier, in einer Gegend mit weniger Bäumen, hatten sich wieder Schneewehen auf der gepflügten Straße gebildet. Wildfire stürmte in sie hinein und der Schnee flog hoch auf. Mehr als einmal verlangsamte das Pferd sein Tempo, um sich seinen Weg zu erkämpfen.

Bald schon führte der Weg wieder zwischen Bäumen hindurch. Als Kate die Stute auf eine andere Straße lenkte, schien der Wald lebendig zu sein. Die langen Äste der Kiefern streckten sich aus wie lange Finger. Dann erschütterte der Schrei einer Eule die Nachtluft.

Kate zitterte. »Ich schaffe es nicht!«, rief sie in die Dunkelheit. »Ich kehre um!« Der Wind nahm ihre Worte und schleuderte sie ihr ins Gesicht zurück.

Sie zügelte Wildfire, dann dachte sie an Lars. War

der Arzt jetzt wohl bei ihm? Kämpfte Lars immer noch um sein Leben?

Und wo befand sich Papa? Kämpfte er sich irgendwo in dieser scheußlichen Kälte durch Schneewehen, um nach Hause zu gelangen?

Und ihr Bruder Anders? »Angsthase« nannte er sie! Normalerweise fürchtete sich Kate vor kleinen eingebildeten Dingen. Jetzt handelte es sich um etwas Reales. Kein Zweifel: Der Dieb würde heute Nacht die Gegend verlassen.

Kate kämpfte ihre Panik hinunter, schnalzte Wildfire zu und trieb sie wieder an. Ein kurzes Stück weiter erblickte Kate eine Farm mit einem Brunnen. Trotz der Kälte sprudelte Wasser aus einem Rohr und schlängelte sich dahin, um zu einem Weg aus Eis zu gefrieren.

Ich bin so dicht dran, dachte Kate. *Was wäre gewesen, wenn ich umgekehrt wäre?*

Sie band Wildfire an ein Geländer, eilte die Treppen hoch und klopfte an die Tür. Kurz darauf bat eine Frau mit grauem Haar Kate herein.

»Frau Pickle?«, fragte Kate. »Ist Ihr Mann hier? Wir brauchen seine Hilfe.«

»Es tut mir leid«, antwortete die Frau. »Er wurde vor einer Stunde hinausgerufen. Kann ich etwas für dich tun?«

Kate konnte die schlechte Nachricht kaum glauben. Sie starrte die Frau an. »Ich habe einen so weiten Weg hinter mir. Er ist wirklich nicht da?«

Ein kräftig gebauter Mann ging in diesem

Moment hinter der Frau durch den Flur. Er trug eine rot-schwarz karierte Jacke.

Ohne zu überlegen, flüchtete Kate aus dem Haus. Sie sprang auf den Schlitten, schlug mit den Zügeln auf Wildfires Rücken und die Stute lief los.

Als Kate zur Besinnung kam, zog sie einen Handschuh aus. Schnell tastete sie nach ihrem Schal, um sicherzugehen, dass ihre Ohren, ihre Nase und ihre Wangen bedeckt waren. Wenn nicht, würden sie schon bald zu taub sein, als dass sie es noch merkte. Innerhalb einer Minute hätte sie dann Erfrierungen.

Kate schaute durch die schmalen Schlitze für ihre Augen. Schon bald ließ sie das Pferd seinen Weg nach Hause allein finden. Dieser Weg führte – wie Kate wollte – durch Trade Lake.

Wieder schlossen Bäume sie ein und ihre Furcht kehrte zurück. Wer war der Mann dort im Flur gewesen? Gunnar Grimm? Zu spät fiel ihr ein, dass er erzählt hatte, bei Reverend Pickle zu wohnen.

War er auch der Mann, der in Josies Haus gewesen war? Und der Mann, der in der Molkerei die Papiere durchsucht hatte? Wenn er sich fortgeschlichen hatte, während sie miteinander sprachen, hätte er Pickles Farm vor Kate erreichen können.

Wo befand sich der Mann jetzt? Verfolgte er sie vielleicht und versuchte sie einzuholen?

»Ich bin ganz allein auf dieser kalten dunklen Straße«, murmelte Kate. Hinter jedem Baum konnte jemand warten und auf den Schlitten springen.

Kate lief vor Angst ein Schauer über den Rücken.

Es dauerte nicht lange, und sie hörte nicht mehr auf zu zittern. Doch dann schämte sie sich. *Was mache ich eigentlich? Bemitleide ich mich selbst, während Lars vielleicht stirbt?*

»Gott wird auf euch achtgeben«, hatte Mama gesagt. Ihre Worte schienen eine Wiederholung von Papas Brief zu sein.

»Fürchte dich nicht, ich bin mit dir«, wiederholte Kate Gottes Versprechen jetzt für sich selbst. »Weiche nicht, denn ich bin dein Gott.«

Immer wieder sagte sie diese Worte und klammerte sich daran, als ginge es um ihr Leben. »Ich stärke dich, ich helfe dir auch.«

In ihrer Lage wurde ihr das Versprechen Gottes bewusster als je zuvor. Kate wusste mit Sicherheit: *Ganz egal, was geschieht: Gott ist bei mir.*

Die Bäume streckten immer noch ihre Zweige nach ihr aus. Die Straße schien immer noch dunkel und einsam. Aber langsam breitete sich in Kate ein tiefer innerer Friede aus, die Angst wich.

Als sie nach Trade Lake kam, sah sie in der Molkerei kein Licht mehr. Auch in keinem der Häuser brannte noch Licht. Kate zog die Zügel an und brachte Wildfire zum Stehen, um sich Zeit zum Nachdenken zu nehmen.

Seit Kate Erik und Anders zurückgelassen hatte, war sie davon ausgegangen, sie anschließend wieder an der Molkerei zu treffen. Doch zwischen den Gebäuden bewegte sich kein Schatten. Einer der Jungen wäre sonst hervorgekommen.

Was soll ich jetzt machen?, überlegte Kate.

Gleichzeitig kam ihr ein Gedanke. Wohin würde der Dieb gehen, wenn er die Molkerei verließ?

Nur ein verzweifelter Mann würde in einer so furchtbaren Nacht wie dieser sein Haus verlassen. Bei solch einer bitteren Kälte blieben die Leute drinnen. Das gab dem Dieb die Freiheit, alles zu unternehmen, was er wollte. Wenn er vorhatte, die Gegend zu verlassen, würde er zum Rice Lake gehen, um die Milchkanne zu holen. Erik war ihm sicher gefolgt.

»Vorwärts, lauf!«, rief Kate, und Wildfire lief los.

Am südwestlichen Ufer des Rice Lake verließ Wildfire die Straße, überquerte das Feld und lief weiter in den Wald. Nachdem sie ein Stück weit in den Wald hineingelaufen war, blieb sie stehen.

Kate versuchte, Wildfire weiterzutreiben, doch die Stute warf den Kopf hoch und rührte sich nicht von der Stelle. »Ach Anders«, seufzte sie, »du hättest mir nicht dieses Pferd geben sollen.«

Sie schlug mit den Zügeln und die Stute machte einen Schritt nach vorn, dann noch einen, dann blieb sie wieder stehen.

»Lauf schon, Wildfire«, befahl Kate und versuchte, ihrer Stimme mehr Nachdruck zu verleihen.

Die Stute drehte ihre Ohren nach dem Klang der Stimme. Doch sie wollte einfach nicht weiter. Kate kletterte vom Schlitten und ging nach vorn, um das Pferd am Zaum zu nehmen. Da sah sie, was die Stute gewittert hatte. Schatten. Schatten, die sich zwischen den Bäumen bewegten.

Kates Herz klopfte bis zum Hals. Ihre Finger krallten sich vor Furcht zusammen. Wer oder was war das?

Wildfire hob den Kopf, als wollte sie wiehern. Schnell legte Kate ihre Hand auf das Maul der Stute und beruhigte sie. Während Wildfire ruhig wurde, nahm Kate die Glöckchen vom Zaumzeug, damit sie kein Geräusch mehr von sich geben konnten.

»Es ist alles gut, mein Mädchen«, flüsterte sie und wünschte sich, sie könnte ihren eigenen Worten glauben. Sie schlich zum Schlitten und schob die Glöckchen unter die Decke.

Kate ging zu Wildfire zurück und nahm sie am Zaum. Zusammen gingen sie Schritt für Schritt vorwärts.

Rechts von ihr bewegte sich ein Schatten. Kate erstarrte. Wer war das? Ein Freund oder ein Feind?

Während sie stehen blieb, verschmolz der Schatten mit einem Baumstamm. Wie ein Feind, der ihr im Nacken saß, griff erneut die Furcht nach Kate. Sie versuchte, sie beiseitezuschieben, doch es gelang ihr nicht.

Dann fiel ihr ein: *Vielleicht ist jetzt entscheidend, dass ich das Richtige tue – ganz egal, wie groß meine Angst ist.*

Vor ihr lag der Rice Lake und auf der anderen Seite die Windy Hill Farm. Sollte sie warten oder sollte sie weiterfahren?

Kate spürte die Kälte und wusste: Sie hatte keine Wahl. Wenn sie stehen blieb und sich nicht bewegte, würde sie in der eisigen Kälte erfrieren.

Langsam hob sie einen Fuß und zwang sich vorwärtszugehen. »Fürchte dich nicht, ich bin mit dir.« Sie wiederholte die Worte, nahm einen tiefen Atemzug und machte den nächsten Schritt.

Plötzlich tauchte aus der Dunkelheit jemand hinter ihr auf. Kate machte vor Schreck einen Satz. Im nächsten Augenblick hielt ihr jemand den Mund zu und hinderte sie daran zu schreien.

Viele Überraschungen

Kate rang nach Atem und versuchte, sich frei zu machen. Der starke Arm hielt sie jedoch fest.

»Tut mir leid, Kate«, meinte eine leise Stimme.

Sie versuchte, sich umzudrehen, aber der andere ließ sie nicht los. »Pssst!«, warnte er mit leiser Stimme.

Plötzlich wusste Kate, dass es Erik war. Erleichtert ließ sie die Schultern sinken und Erik ließ sie los.

»Was fällt dir ein, mich so zu erschrecken?«, flüsterte sie ärgerlich.

»Sei still!«, warnte Erik erneut. »Der Dieb ist in der Nähe. Er hat auf dem Eis ein Feuer angezündet.«

Dann sah Kate die Flammen. Durch die Bäume und Büsche leuchtete der Feuerschein.

Erik nahm Wildfire am Zaum und führte die Stute vom Weg herunter an eine geschützte Stelle. Dann band er sie schnell an einen Baum und warf ihr eine Pferdedecke über den Rücken.

»Wo ist Anders?«, fragte Kate flüsternd, als Erik zurückkam.

Erik zeigte nach vorne. In kurzer Entfernung auf der rechten Seite, löste sich ein Schatten von einem Baum, hob die Hand und trat wieder zurück, dicht an den Stamm.

»Reverend Pickle war nicht zu Hause«, erklärte Kate.

Erik beugte sich nah heran. »Andrew Anderson

ist hier. Ich hoffe, wir sind genug.« Wieder deutete er nach vorne, diesmal nach links.

Zuerst konnte Kate Andrew Anderson nicht erkennen. Dann entdeckte sie mithilfe des Vollmonds einen Baumstamm, der am Fuß dicker aussah als gewöhnlich.

Gemeinsam schlichen Kate und Erik vorwärts. Dicht am Ufer knieten sie sich hinter einen Busch und spähten durch die blattlosen Zweige. Vor ihnen markierten Flecken mit niedergedrücktem Gras das sumpfige Ende des Sees. Es gab nur eine sichere Stelle, um ihn zu überqueren – den Weg, den Anders und Erik gepflügt hatten.

Aus dieser Entfernung erschien das Feuer sehr klein. Über den tanzenden Flammen streckten sich die Zweige der großen Eiche nach oben.

Dann sah Kate im Schein des Feuers einen kräftig gebauten Mann mit einer rot-schwarz karierten Jacke. Er hielt seine Hände, an denen er Handschuhe trug, an das Feuer, um sich aufzuwärmen. Dann hob er eine Eishacke auf und begann, ein Loch zu hacken.

Kate atmete tief ein. Kein Wunder, dass Anders, Erik und Herr Anderson abwarteten und im Schutz der Bäume das Ganze beobachteten.

In der bitteren Kälte wirkten die Minuten, in denen der Mann das Loch hackte, wie Stunden. Zweimal machte er eine Pause, um sich aufzuwärmen, dann ging er an seine Arbeit zurück. Jedes Mal, wenn er ihnen den Rücken zudrehte, stampften

Kate und Erik mit den Füßen, damit sie ihnen nicht völlig abstarben.

Schließlich kniete der Mann sich an den Rand des Lochs. Er griff ins Wasser, zog die Milchkanne heraus und stellte sie auf das Eis. Genauso schnell zog er die nassen Handschuhe aus und ersetzte sie durch trockene.

Aus dieser Entfernung sah es so aus, als wäre der Stein diesmal mit einem Seil an der Kanne befestigt und nicht mit einer Kette. Der Mann nahm ein Messer aus der Tasche, schnitt den Stein ab und warf ihn zurück in das Wasser. Dann schulterte er die Milchkanne, hob die Eishacke auf und kam auf sie zu.

Andrew Anderson betrat den Weg und ging auf das Eis hinaus. Anders und Erik und auch Kate folgten ihm. Als sie näher kamen, erkannte Kate den sandfarbenen Schnurrbart und Bart. LeRoy Fenton!

Einen kurzen Augenblick flackerte Überraschung und Furcht in seinem Gesicht. Dann setzte er seine Maske auf. »Hallo!«, begrüßte er sie aalglatt, während er näher kam. »So was, Sie hier zu sehen!«

Da entdeckte Kate, dass auf der Unterseite des gehobenen Arms die Jacke des Mannes zerrissen war.

Herr Anderson stellte sich vor ihn. »Augenblick! Ich habe ein paar Fragen an Sie.«

»Natürlich, natürlich. Ich rede jederzeit gern mit Ihnen. Aber nicht in dieser Kälte. Wie wäre es mit morgen, in der Molkerei?«

»Ich will jetzt mit Ihnen sprechen«, entgegnete Herr Anderson.

Stattdessen versuchte LeRoy Fenton um den älteren Mann herumzulaufen. Erik und Anders machten eine schnelle Bewegung. Plötzlich erschien auf dem Weg eine kleine dunkle Gestalt und rannte auf sie zu. Als die Gestalt zu bellen begann, wusste Kate, dass es sich um Lutfisk handelte.

Einen Meter vor Fenton blieb der Hund stehen und knurrte ihn an.

Fenton machte einen Schritt zur Seite, aber Lutfisk folgte zähnefletschend der Bewegung.

Die Milchkanne noch immer auf der Schulter, blieb LeRoy Fenton stehen. »Wem gehört der Hund?«, fragte er und hörte sich dabei schon weniger gelassen als vorher an.

»Er gehört mir«, antwortete Anders mit Stolz in der Stimme.

»Dann ruf ihn zu dir«, befahl Fenton.

»Nachdem Sie mit Herrn Anderson gesprochen haben«, erwiderte Anders.

Da hob Fenton den Kopf und schien zu lauschen. Auf dem festgetretenen Schnee des Wegs knirschten Stiefel. Die Schritte kamen immer näher.

Eine Minute später trat jemand auf das Eis hinaus. Ein Mann mit einer rot-schwarz karierten Jacke. Kate klopfte das Herz bis zum Hals. Gunnar Grimm! Hatte sie recht mit ihrer Annahme, dass er unschuldig war? Oder waren die beiden Männer Partner?

Kate schaute zu Herrn Anderson. Auch er stand abwartend da.

Herr Grimm baute sich ebenfalls vor LeRoy Fenton auf. »Ziemlich kalte Nacht, um die Stadt zu verlassen.«

Die Maske auf Fentons Gesicht verschwand, dann fragte er ärgerlich: »Was ist hier eigentlich los? Eine Party auf dem Eis?«

Herr Grimm kicherte. »Nein! Es ist nur Zeit für ein paar Erklärungen. Warum erzählen Sie diesen Leuten nicht, wie Sie die Schecks und das Kassenbuch der Molkerei gestohlen haben?«

»Und wie Sie die New Yorker Schecks in Ihre Heimatstadt geschickt haben!«, fügte Anders hinzu.

Die Milchkanne noch immer auf der Schulter, wandte sich LeRoy Fenton an Herrn Anderson. »Sie wissen, dass ich vertrauenswürdig bin. Glauben Sie ihnen kein Wort.«

»Doch genau das tue ich«, entgegnete Herr Anderson.

Plötzlich warf Fenton die Eishacke nach Lutfisk. Dann drehte er sich um und begann zu rennen. Er warf kurz einen Blick auf das Gras, dann kehrte er dem Sumpfgebiet den Rücken. Er änderte die Richtung und lief auf das südöstliche Ufer zu.

Lutfisk rannte hinter ihm her.

»Bleib hier, Lutfisk!«, rief Anders.

Der Hund blieb stehen und schaute zurück, sichtlich unwillig, zu gehorchen.

»Bleib hier!«, befahl Anders noch einmal. Lutfisk setzte sich und bellte.

»Bleiben Sie stehen, Fenton!«, schrie Herr Anderson. Am südöstlichen Ende des Sees erstreckte sich der Schnee sauber und ungebrochen im Licht des Vollmonds.

Da die Entfernung zwischen ihnen immer größer wurde, fühlte Kate sich sehr elend. »Er wird entkommen!«

»Nein, wird er nicht«, erwiderte Erik.

Dann erinnerte sie sich. Die Löcher von den Quellen! Wieder rief Herr Anderson: »Fenton! Bleiben Sie stehen! Laufen Sie nicht weiter!«

Mit einer Hand immer noch die Milchkanne auf seiner Schulter festhaltend, blickte Fenton zurück. Im nächsten Augenblick schwankte er. Der Schnee gab nach und die Kanne fiel ihm von der Schulter.

»Hilfe!«, stieß er hervor, während er durch die Eisdecke rutschte. Seine Arme ruderten im eiskalten Wasser.

Die anderen machten sich auf den Weg zu ihm. Anders benutzte die Eishacke, um das Eis vor jedem weiteren Schritt zu prüfen. Erik und die Männer folgten ihm, indem sie in seine Stiefelspuren traten.

»Hol eine Decke, Kate«, forderte Erik sie auf. »Aber pass auf, wo du hintrittst.«

Kate lief schnell zurück in den Wald zum Schlitten und zog eine schwere Decke heraus. Als sie zurückkam, hatten die Männer Fenton bereits aus dem Wasser gezogen und ihm einen Teil ihrer eigenen trockenen Sachen angezogen.

Während LeRoy Fenton am Feuer stand, schüttelte er sich vor Kälte. Herr Anderson legte ihm die Decke um die Schultern.

»Sind Sie ein Detektiv?«, fragte Kate Herrn Grimm, als sie sich am Feuer zu ihnen gesellte. »Ich vermute, aus New York.«

Herr Grimm lächelte, und Kate erinnerte sich daran, dass sie schon einmal gedacht hatte, dass er nicht so grummelig war, wie es den Anschein hatte.

»Ich versuchte in New York, einen Raub aufzuklären«, erzählte er. »Alle Spuren führten hierher. Aber ich wusste nicht, wer der Mann war. Du warst diejenige, die mir einen Tipp gab.«

»Ich?« Kate war erstaunt. »Wieso?«

»Weil du neugierig warst. Du hast gefragt: ›Wie kommt es, dass alle, die Eis einbringen, neu hier sind?‹ Seit der Zeit habe ich Fenton beobachtet. Heute Nacht bin ich deinen Schlittenspuren hierher gefolgt.«

Als die Männer LeRoy Fenton abführten, stellte Kate diesem noch eine Frage. »Warum haben Sie die Butter versalzen?«

»Ich bin der bessere Molkereileiter!«, antwortete er. »Die Stelle hätte mir zugestanden!« Dann schwieg er plötzlich, denn er merkte, dass er sich verraten hatte.

Kate, die mit Erik und Anders am Feuer stand, meinte leise: »Herr Fenton ist in Wirklichkeit grummelig, nicht Herr Grimm.«

»Kannst du das begreifen?«, fragte Erik. »Der

ganze Ärger nur, um jemandem etwas heimzuzahlen? Was für eine Art, mit jemandem abzurechnen!«

»Vielleicht dachte er, er würde die Stelle doch noch bekommen«, meinte Anders, während er zu Wildfire ging.

Als er zurückkam, kletterte Kate in den Schlitten. »Die Farmer bekommen jetzt ihr Geld!«, rief sie triumphierend.

»Und die Molkerei bekommt ihre Schecks aus New York«, fügte Erik hinzu. Er fing an zu lachen. »Neugierige Kate! Es ist kein Detektiv nötig, um sich das auszurechnen!«

Anders lachte ebenfalls und auch Kate lachte über die Bemerkung von Herrn Grimm. Jetzt, da die ganze Aufregung vorbei war, konnte sie jedoch nur noch an eins denken. »Ich würde gern wissen, wie es Lars geht.«

Als sie zur Windy Hill Farm kamen, bot Erik Anders an: »Ich bringe Wildfire in die Scheune.«

Kate und Anders gingen in die Küche. Es war still dort. *Zu* still, fand Kate.

Am Herd stand ein großer Mann mit Bart. War das der Arzt?

Der Mann drehte sich um. Seine Lippen waren gesprungen, seine Haut gerötet von Wind und Kälte. Der Mann mit dem buschigen Bart sah auf den ersten Blick fremd aus.

Dann rief Kate: »Papa!«

Er breitete die Arme aus, und sie lief hinein. Sie spürte seine kräftige Umarmung, dann bemerkte sie die Rührung in seiner Stimme. »Kate! Meine neue Tochter!«

Kate trat zurück und sah die Erleichterung im Gesicht ihres Bruders. Anders versuchte etwas zu sagen, bekam aber keinen Ton heraus. Als er seinem Vater die Hand hinstreckte, schloss Papa ihn in die Arme.

Dann stand Mama in der Tür zum Esszimmer.

»Lars?«, fragten Kate und Anders gleichzeitig.

»Es geht ihm besser«, antwortete Mama sanft, ihre Augen waren genauso blau wie das neue Kleid, das sie trug. »Der Arzt sagt, Lars hat die Krise überstanden. Er wird wieder gesund.«

Nachdem sie ihre Mäntel abgeworfen hatten, schlichen Kate und Anders auf Zehenspitzen ins Schlafzimmer.

Lars lag mit geschlossenen Augen dort, sein Gesicht immer noch blass. Sein rotes Haar war verfilzt und stand in alle Richtungen, aber seine Haut glühte nicht mehr vom Fieber.

Während sie dort standen, öffnete Lars die Augen. Ein leichtes Lächeln kam auf seine Lippen. Dann schlief er weiter.

Kate schluckte schwer. Als der Kloß in ihrem Hals nicht verschwand, schaute sie Anders an.

Eine Träne rollte seine Wange hinunter, dann noch eine. Als er bemerkte, dass Kate ihn anschaute, wischte er die Tränen fort, schämte sich aber offensichtlich nicht.

Als sie in die Küche zurückgingen, sahen Kate

und Anders Erik dort stehen. Sie versammelten sich alle um den warmen Ofen, und Papa legte seinen Arm um Mamas Schultern.

Kates Herz hüpfte vor Freude. »Du bist wirklich zu Hause!«, meinte sie zu Papa. »Jetzt kommt der Frühling!«

Anders lächelte. »Mit Ahornsirup – und mit Baumstämmen, die die Flüsse hinuntertreiben.«

»Und mit einem neuen Abenteuer, vermute ich.« Erik zwinkerte Kate zu.

»Vielleicht finden wir heraus, was mit Mamas Bruder geschehen ist«, erklärte Kate. Dann wünschte sie sich, sie hätte nichts gesagt.

Aber heute Abend konnte selbst das Mamas Glück nicht stören. Im Licht der Lampe schimmerte eine goldene Locke auf ihrer Stirn. Sie schob ihre Hand in Papas Hand und lächelte.

Als die Hitze des Ofens Kates Hände wärmte, breitete sich in ihrem Herzen noch eine andere Wärme aus. Sie sah sich um und betrachtete die Menschen, die sie liebte. Mama, Papa, Anders. Und oben im Bett Tina. Im Zimmer nebenan Lars. *Meine Familie!*, dachte Kate.

Dann kam Erik näher zum Ofen. Kate sah Erleichterung in seinen Augen. Sie hatte einen weiteren Menschen, dem sie vertrauen konnte. *Mein ganz besonderer Freund!*

In diesem Kreis hatte der Frühling bereits Einzug gehalten.

Was geschieht als Nächstes ...

In einer wolkenlosen Märznacht entdecken Kate, Anders und Erik einen Holzdieb. Im Licht einer Laterne ändert er die Kennzeichnung des Besitzers an den Baumstämmen, die die Farmer den Fluss hinuntertreiben wollen. Wer ist dieser dunkel gekleidete Mann? Hätten Kate und die Jungen doch nur sein Gesicht sehen können!

Als Mama Nachricht vom Besuch ihres Bruders Ben erhält, fällt der Verdacht auf ihn. In Schweden hatte Ben einen Ladenbesitzer bestohlen und war danach spurlos verschwunden. Ist er der Dieb, den sie in der Nacht zuvor gesehen haben?

Ben gibt ihnen zwei Tage Zeit, ihn am St. Croix River zu treffen. Wird es ihnen gelingen, den gefährlichen Fluss zu überqueren und Ben zu finden, bevor es dunkel wird?

Die Abenteuerwälder 5

Gefahr am wilden Fluss